난쿠루 나이사, 실버서퍼

이정준

난쿠루 나이사,
실버서퍼

press moment

차례

프롤로그

사진 속에서 서핑보드 위에 올라 파도를 타고 있는 사람은 분명 아버지였다. 아버지는 '가면 편지하마.'하는 말을 남기고 떠났다. 아버지가 떠난 후 정말 아버지로부터 편지가 오기 시작했다.

사진 속에서 서핑보드 위에 올라 파도를 타고 있는 사람은 분명 아버지였다. 멀리서 망원렌즈로 찍은 사진으로 얼굴을 구별할 수는 없었지만 나는 그것이 아버지임을 알 수 있었다. 약간은 구부정한 어깨와 고집스럽게 자리 잡고 있는 다리, 그리고 상체와 고개가 이루고 있는 뻣뻣한 각도. 분명 아버지였다. 사람 눈에는 다 똑같아 보이는 펭귄들이 자신들의 새끼를 정확하게 찾아내는 것도 아마 지금의 나와 다르지 않을 것이다. 사람의 눈으로는 알 수 없지만 펭귄의 눈에만 보이는 뒤뚱거림의 미세한 떨림과 각도. 그런 것이 존재할 것이다. 매일매일 그 움직임을 보아온 대상에게서만 느껴지는 보이지 않는 안내선과의 일체감. 그것은 대상에 대한 애정에서 비롯되었다기보다는 어떤 습관적인 존재감에서 비롯되었을 것이다. 나는 우리 가족을 통해서 그런 것을 느낄 수 있었다.

65세의 아버지가 서핑을 하고 있는 사진을 보고 있자니 헛웃음이 터져 나왔다. 모르고 있던 것은 아니다. 하지만 이야기를 전해 듣고서 그러려니 하는 것과 실제로 그 현장이나 사진 같은 증거를 보는 것은 체감의 깊이가 달랐다. 내가 모르는 어떤 사람의 블로그에 버젓이 올라와 있는 그 사진을 보고 있자니 저 사람이 내가 30년 동안 보아온 사람이 맞나 싶은 생각이 들었던 것이다.

아버지는 어머니가 암으로 돌아가시고 3년이 지난 후 돌연 오키나와로 가겠다고 우리 남매에게 통보하셨다. 그러니까 그것은 일종의 선언이었다. 누나와 나는 아버지가 한 번 마음을 먹으면 아무도 그 고집을 꺾을 수 없다는 것을 알고 있었다. 아버지의 고집은 우리 남매가 30년 동안 지겹도록 학습해온 주제였다. 누나와 나는 서로 말은 하지 않았지만 우리가 아버지의 선언을 철회하게 만들 수 있다는 생각을 하지는 않았던 것 같다. 하지만 사안이 사안이었던 만큼 우리는 어느 정도 반대 의사를 제기할 책임감 같은 것을 느꼈다. 그래서 우리는 몇 차례 이미 결과가 정해진 논쟁을 되풀이했고, 그때마다 아버지는 침묵과 굳은 표정 혹은 '그래도'라는 접속사로 시작하는 문장 등 다양한 무기로 정해진 승리를 차지했다. 결국 아버지는 통보를 마치고 석 달 만에 이곳을 모두 정리하고 준비를 마친 후 오키나와로 거처를 옮겼다. 아버지는 '가면 편지하마.' 하는 말을 남기고 떠났다. 지난 30년 동안 한 번도 아버지로부터 편지라는 것을 받아본 적이 없었던 우리는 의례하는 말이라고만 생각했는데 아버지가 떠난 후 정말 아버지로부터 편지가 오기 시작했다.

첫 번째 편지

카즈의 차에는 '내추럴 서프'라는 스티커가 차 옆면 양쪽에 크게 붙어 있었다. 흰색 봉고차였는데 흰색이라고 하기에는 바닷바람 때문인지 여기저기 녹이 슬고 누렇게 변해가는 중이었지.

은주와 동현이에게.

나는 무사히 잘 도착했다. 여기는 아직도 덥다. 11월은 되어야 좀 선선한 날씨가 된다고 하는구나. 가져온 짐이 얼마 되지 않아 그리 힘쓸 일도 없었는데 짐을 들고 왔다 갔다 하니 땀이 났다.

다행히 집주인인 친구는 싹싹한 편이다. 카즈노부 카와타라는 친구인데 공항에 나를 데리러 나왔더구나. 얼굴이 잘 익은 달고나 설탕 뽑기 같은 갈색이었는데 턱은 공룡 턱처럼 억세 보였지. 먼저 와서 나를 기다리고 있었는지 한국어로 내 이름이 적힌 푯말을 들고 있었다. 나는 좀 피곤하기도 하고 긴장하기도 해서 가볍게 손을 들었지. 그랬더니 그 친구가 얼굴색과는 몹시 대조되는 하얀 이를 드러내고 호탕하게 웃으며 하이 리상! 웰컴 웰컴, 하고는 덥석 악수를 하는데 그 손이 농사를 짓는 사람의 손처럼 두텁고 억세더구나. 생각했던 것보다 조금 높은 목소리였던 것은 의외였다. 하지만 그 목소리 덕분에 그의 인상이 한층 유쾌해 보였지. 그 옆에는 그의 아들로 보이는 두 명의 아이들이 수줍은 눈으로 그의 뒤에서 나를 훔쳐보고 있었다. 그는 자신을 편하게 '카즈'라고 부르라고 하고는 두 아들들을 나에게 인사 시켰다. 아이들은 어디서 한참을 놀았는지 볼이 빨갛게 타서는 볼살이 다 터져있었지. 11살 쿄헤이와 6살 켄지는 아버지 다리 뒤에 숨은 채로 환영합니다, 하고 꾸벅 인사를 하더구나. 아버지가 연습을 시켰겠지.

너희들이 그 나이였을 때도 저렇게 볼이 빨갛게 터지면서 놀았는지 잘 기억이 나지 않는구나. 너희들이 저만한 나이였을 적에 너희들과 밖에서 놀아준 기억도 별로 없는 것 같다. 나는 항상 마산으로, 부산으로, 창원으로 지방근무를 했고 너희는 서울에서 자란 탓에 주말에도 얼굴 보며 식사 한 끼 함께 하기가 어려웠잖니. 지금은 기러기 아빠들이 많지만 그때는 주말 부부가 많았지. 그래서 내 기억 속에 너희들의 모습은 사진의 형태인 경우가 많았다. 그저 내 어렴풋한 기억으로는 동현이보다는 은주가 볼이 유난히 통통하고 잘 텄던 것 같다.

오키나와 공항 건물 안은 적당한 온도라고 느껴졌는데 공항 밖으로 나오니 섬 특유의 습한 공기가 텁텁하게 느껴졌다. 콧속으로 훅 들어오는 눅눅한 공기의 냄새와 공항 특유의 화학물질 냄새와 젖은 먼지 냄새가 뒤섞인 그 냄새가 왠지 낯설더구나. 출장지에서의 첫날은 항상 이 냄새 때문에 불안해지곤 했었다. 불안했던 첫날의 심리상태와 이 냄새가 항상 공존했기 때문에 앞뒤가 뒤바뀐 채로 그렇게 느껴지는 것이었는지도 모르지. 카즈의 차에는 '내추럴 서프'라는 스티커가 차 옆면 양쪽에 크게 붙어 있었다. 흰색 봉고차였는데 흰색이라고 하기에는 바닷바람 때문인지 여기저기 녹이 슬고 누렇게 변해가는 중이었지. 봉고차라 그런지 덜컹거림이 심했다.

차를 타고 공항을 빠져나가면서 보니 야자수가 줄지어 서 있더구나. 이국적인 나라임에는 틀림없지. 야자수를 구경하느라고 고개를 몇 번 돌렸더니 카즈가 여기는 일본의 제주도라고 생각하면 됩니다. 물론 제주도보다도 조금 덥다고들 합니다만, 하고 말해주었다. 하지만 내 눈에 나하시는 제주시보다 조금 더 한갓지고 인적이 드물어 보였다. 도심을 지나지 않았기 때문인지도 모르지. 도로로 들어서니 한적하다는 느낌은 한층 강해졌다. 여기서는 고속도로에서도 속도제한이 80km라 고속도로가 고속도로인 줄도 모르겠더구나. 카즈가 웃으며 여기서 80km 넘게 달리는 사람들은 'わ와'자 번호판의 렌터카를 탄 한국인들뿐이에요, 하고 말했지. 그는 스포츠용 선글라스를 끼고 캐러멜색으로 잘 익은 한쪽 팔을 운전대에 올리고 라디오에서 나오는 음악에 맞춰 손가락을 까딱거리며 운전을 하고 있었다. 지금 생각해 보니 오키나와가 세상 한가로워 보인 건 그가 운전하던 태도 때문인지도 모르겠구나. 카즈

의 집은 나하시에서는 북쪽으로 한 시간 정도 올라가야 하고 오키나와 본섬을 기준으로는 중부 지역에 위치해 있다. 이곳은 글쎄. 어촌마을이라고 해야 할까 아니면 그냥 해안마을이라고 해야 할까 꼬집어 말하기는 어렵구나. 카즈의 집에서 언덕을 조금만 내려가면 바닷가가 있다. 아마도 물고기를 잡아서 생계를 유지하는 사람들도 있겠지. 하지만 저 앞에 보이는 바다는 너무 맑고 아담한 분위기여서 흔히 한국에서 보아왔던 어촌 마을, 바다 앞으로 방파제가 막아서고 있고 방파제 앞으로는 생선을 파는 아주머니들이 억센 얼굴로 비릿한 생선 내장을 거칠게 툭툭 잘라내고 그 옆의 선착장에는 어선들이 빼곡하게 정박하고 있는 생동감 넘치면서도 도시인들이 쉽게 다가갈 수 없는 억척스러운 분위기와는 전혀 다른 느낌이었다. 바닷가의 분위기만 본다면 한국의 동해보다는 확실히 제주도와 비슷한 것 같다. 마을로 들어오면 너희 엄마의 고향 마을과 비슷하다. 작은 집들이 듬성듬성 모여 있는데 시끄러운 잔치라도 벌어지면 단박에 저 앞집에 오늘 잔치가 있구나 알아채고는 슬리퍼를 꿰차고 나가 국밥 한 그릇 얻어먹을 수 있는 그런 분위기 말이다. 그래도 집 앞으로는 길을 잘 닦아놔서 시골스러운 느낌이 덜 하긴 하다. 오키나와는 이상하리만치 도로가 잘 닦여있어서 흙길은 거의 볼 수가 없고 모든 차들이 다 새 차처럼 번쩍번쩍한다. 물론 카즈의 차처럼 해풍에 부식된 차만 빼면 말이지.

카즈의 집은 단정한 이층집이다. 제법 현대식 가옥인데 마당도 있고 마당에는 순하게 생긴 개도 한 마리 있다. 브라운이라는 녀석인데 생긴 것만큼 순해서 나를 봐도 짖지도 않았다. 하긴 뭐 훔쳐 갈 것도 없는 작은 마을이니 개라고 딱히 짖을 필요도 없겠지. 카즈가 저 녀석 서핑도 할 줄 알아요, 하고 자랑을 하더구나. 개가 집은 안 지키고 서핑이나 배우러 다니니 팔자 한 번 좋지 뭐냐. 다음 생에는 저 개로나 태어나야겠다 하다가 심심해서 못 살 것 같아 마음을 고쳐먹었다. 지하에는 카즈가 서프보드를 만드는 작업실도 있었다. 작업실이라니 이건 정말 멋지지 않니. 내려가 보지는 않았는데 나중에 꼭 한 번 보여 달라고 할 작정이다.

나는 이층의 다다미방을 사용한다. 작은 붙박이식 옷장과 바닥에 앉아서 사용할 수 있는 책상이 하나 있는데 불편할 것은 없겠더구나. 이층 내 방에서는 옥빛 바다가 보여 전망이 좋다. 카즈가 오션뷰라며 너스레를 떨길래 나도 웃으며 엄지를 치켜 올려주었다. 재미있는 친구지. 설마 나중에 오션뷰라며 방세를 올려달라고 하지는 않겠지. 내가 짐을 풀고 바깥을 내다보았을 때는 바다가 어둑하니 달빛을 받고 있었다. 잔잔하게 잔물결만 슬렁슬렁 반짝이고 있었는데 오전에는 서핑을 할 수 있을 정도로 큰 파도가 쳤다고 하더구나. 섬이라 그런지 바닷가라 그런지 하루에도 몇 번씩 날씨가 변한다고 한다.

저녁은 카즈의 와이프가 해주었다. 여기도 식생활이 한국과 크게 다르지 않아서 좋다. 오늘은 테비치라는 오키나와식 족발과 고야찬푸르라는 볶음요리를 먹었다. 은주가 족발이 피부에 좋다며 먹으러 가자 해서 장충동에 갔던 생각이 나더구나. 테비치는 너희가 여기 오면 꼭 한번 먹어봤으면 좋겠다. 여기서는 돼지를 아주 오~래 푹 삶아서 족발이 거의 젤라틴 덩어리가 될 정도로 익히는데 이게 아주 탱글탱글하고 쫀득쫀득한 것이 식감이 좋다. 카즈의 와이프가 요리 솜씨가 좋더구나. 너희 엄마도 요리를 참 잘했는데. 다른 것도 그렇지만 요리에 관해서는 특히 엄마의 빈자리가 크게 느껴지곤 했었지.

식사를 하면서 들어보니 카즈 이 친구 전에는 오사카에서 일을 했었던 모양이다. 태어나기는 오키나와에서 태어나서 서핑 선수를 꿈꾸었는데 무릎 부상을 당하는 바람에 서핑을 포기했단다. 그리고 오사카의 일반 회사에서 영업직으로 십몇 년 일하다가 둘째가 태어났을 때 계속 이렇게 살고 싶진 않다는 생각이 들어 다시 고향으로 내려왔다고 한다. 지금은 오키나와에서 서핑을 가르치기도 하고, 민박을 하기도 하고, 주문을 받아서 서프보드를 수리하거나 만들어 팔기도 하고 이런저런 방법으로 살고 있는 모양이다. 벌이는 전만 못해도 지금이 더 행복하다고 하는데 말도 안 되는 소리지. 벌이가 저렇게 불안한데 가정이 행복할 리가 있겠니. 와이프는 오사카에 있을 때 만난 오사카 아가씨라고 하는데 남편 따라 여기까지 내려오다니 참 대단하지 뭐냐. 하긴 이미 아이까지 둘이나 낳은 상황이었으니 어쩔 수 없었겠지만 서도 말이다. 내가 카즈의 와이프인 나오코상에게 고생 많겠다고 위로했더니 카즈 이 친구 머쓱했는지 나에게 서핑 한 번 배워보지 않겠냐며 말을 돌렸다. 그러고는 아직 늦지 않았다고 내 팔을 툭 치며 껄껄 웃더구나.

오늘은 공항에서 집으로 이동하고 저녁 먹은 게 다인데 왜 이렇게 피곤한지 모르겠다. 날이 더워서 그런가. 저녁 먹은 지도 얼마 안 됐는데 벌써 눈이 무겁구나. 하긴 한국에 있을 때도 너희들이 들어올 때쯤이면 나 혼자서 거실 소파에서 텔레비전을 켜놓고 꾸벅꾸벅 졸고 있기 일쑤였지. 그 몸이 어디 가겠니. 그러고 보니 여기는 밤이면 들려오던 자동차 클락션 소리나 오토바이 지나가는 소리가 들리지 않는구나. 곤충이 찌르륵거리는 소리와 멀리서 파도치는 소리만 들린다. 좀 심심한 동네지만 조용해서 잠은 잘 잘 수 있을 것 같다. 또 편지하마.

2011. 10. 27.

아빠가

내가 처음 아버지의 편지를 받았을 때 나는 깜짝 놀랄 수밖에 없었다. 내가 아는 우리 아버지가 이렇게 글을 길게 쓸 수 있는 사람이었나? 지금까지 살면서 내가 본 아버지의 글이라고는 아버지가 어머니에게 썼던 분노의 편지 한 통이 전부였다.

내가 그 편지를 본 것은 아마도 초등학생 무렵이었을 것이다. 추석 연휴 마지막 날이었던 것으로 기억된다. 외할머니가 화성에서 농사를 짓고 있었기 때문에 우리는 명절 연휴면 화성으로 내려가곤 했다. 그 해에는 회사일 때문인지 화성에 올 수 없었던 아버지는 결국 추석 연휴 일부를 혼자 보낼 수밖에 없었다. 어머니와 우리 남매는 추석 연휴를 화성에서 보내고 연휴 마지막 날 오후에 귀가했다. 집 앞에 도착한 어머니는 마트에 들러서 장을 보고 가겠다며 우리 남매를 먼저 집으로 보냈다. 문을 열고 집으로 들어갔을 때 아버지는 벌써 주중에 일하는 부산 숙소로 돌아갔는지 집안이 고요했다. '집 안이 너무 고요해서였을까 나는 왠지 모를 불길한 기운을 감지했다.'는 것은 아마도 시간이 지난 후에 내가 그 사건 때문에 느꼈던 감정을 사건이 일어나기 전 시점에 덧씌워 기억하는 탓인지도 모르겠다. 어쨌든 나는 당시에 집안에 고요하게 깔려있던 불길한 기운을 감지했고 내가 쾌활하게 행동하면 그 불길한 느낌을 떨칠 수 있을 것이라는 아이다운 생각을 했기 때문인지 몹시 발랄하게 콧노래를 부르며 외투를 벗어 걸기 위해 안방 문을 활짝 열었다. 갑자기 안방 문을 열자 문을 여는 공기의 압력으로 안방의 창문과 옷장 문이 우르르릉 하면서 요란한 소리를 냈다. 그 순간 나는 화장대 위에 놓여있는 흰색 편지지를 보게 됐다. 그것은 부자연스러울 만치 정갈하게 놓여있어 나는 현관문을 여는 순간부터 나를 불안하게 했던 불길한 기운의 원천이 바로 그 편지지였음을 단박에 알아볼 수 있었다. 나는 누나가 눈치채지 못하게 살짝 문을 닫았다. 그러고는 숨소리도 내지 않고 살금살금 화장대로 다가갔다. 편지지를 여는 손끝이 떨렸다. 편지지에는 아버지의 필체로 추정되는 글씨체가 사납게 휘갈겨져 있었다. 주로 기억나는 단어는 원통하다 혹은 억울하다 이런 단어였는데 내용인즉 슨 '어떻게 추석 당일에 자신의 밥을 챙겨주지 않을 수가 있느냐, 당신이 그럴 줄은 몰랐다, 배신감에 원통하다.' 뭐 이런 내용이었다. 회사에서 교육받은 문제 해결적 사고에 익숙해진 지금, 문제가 생기면 그것의 원인과 대책을 먼저 생각해 보면 사실 본인이 화성에 내려오기 싫어서 적당한 핑계를 대고 내려오지 않았으면서 그깟 밥 한 끼 차려주지 않았다고 저렇게 생난리를 피우나 별것 아닌 것으로 웃어넘길 수 있었다. 그러나 당시 초등학생이었던 어린 나, 문제 해결적 사고보다는 감정적이고 본능적이며 직관적인 사고에 익숙했던 나, 그래서 순수하고 겁에 질렸던 나에게 이것은 엄청나게 충격적인 사건이었다. 그전까지 나는 어머니와 아버지가 서로 큰소리로 다투는 것조차 본 일이 없었던 것이다.

당시에 나는 아버지의 분노에 찬 필체 때문에 더 큰 충격을 받았다. 그 필체는 마치 번개가 치는 들판에 검은 말이 고삐가 풀린 채 사납게 날뛰고 있는 듯해서 나는 그 필체만으로도 아버지의 분노를 고스란히 느낄 수 있었다. 어린 나는 어머니가 그 편지를 읽는다면 정말 큰 다툼이 일어날지도 모른다고 생각했다. 머릿속에서 지금까지 한 번도 본적도 없고 상상해 본 적도 없어서 더욱 상상하기 어렵지만 그래서 더욱 마음대로 상상할 수 있는 부모님의 말다툼 장면이 떠올랐다. 말다툼은 물건을 던지는 진짜 다툼으로 이어졌고, 두 분은 이혼서류에 도장을 찍었고, 어머니냐 아버지냐를 선택해야 하는 기로에 서 있는 나의 모습이 떠올랐다.

나는 이 상상을 현실로 만들지 않기 위해서 편지를 숨겨야 할 것인지 아니면 어른들의 일은 어른들에게 맡기고 안 읽은 척 못 본 척할 것인지 안방에서 혼자 고민하며 그 편지를 수도 없이 들었다 놨다 반복했다. 아, 귀엽고도 가여운 순진했던 초등학생 동현이는 어디로 갔는지.

그 편지는 나에게 판도라의 상자 같은 것이었다. 그 편지를 읽음으로써 나는 우리 집이 더 이상 아무 문제 없이 마냥 행복한 집은 아니라는 것을 알게 되었다. 그리고 나는 앞으로 내가 어떤 문제를 일으켜서 부모님의 심기를 건드린다면 우리 가정이 파괴되어 버릴지도 모른다는 막연하고 근거 없는 두려움을 가지게 되었다. 어쩌면 그 덕분에 나는 무의식적으로 문제를 일으키지 않는 평범하고 눈에 띄지 않는 모범생이 되었는지도 모른다.

나는 편지를 숨기는 것이 옳은 것인지, 그대로 두는 것이 옳은 것인지 판단할 수 없었기 때문에 처음부터 그 편지를 발견하지 못한 셈 치기로 했다. 그러면 더 이상 무엇인가를 판단하기 위해서 고민할 필요가 없어지는 것이라고 생각했다. 하지만 물론 편지의 내용과 편지가 뿜어내던 기운을 머릿속에서 지울 수는 없었다.

그리고 그 후로 아무 일도 일어나지 않았다. 지금 생각해 보건데 아마도 어머니는 그 편지를 읽고 쯧쯧쯧 하고 혀를 차면서 편지를 어딘가로 치워두었을 것이다. 그리고 두 분이 삼십 년 동안 해왔던 방식으로 화해를 했을 것이다. 그 화해라는 것 또한 어린 내가 이해할 수 없는 어떤 방식으로 이루어졌겠지만.

그것은 어린 나에게는 망망대해에서 혼자 만난 한바탕 폭풍우 같은 사건이었다. 그래서 지금 다시 생각해 보면 좀 억울하다. 아버지에게 한 끼의 식사란 가족의 행복을 뒤흔들 정도로 중요한 일이었던 것일까? 도대체 아버지는 무슨 생각으로 그때 그런 편지를 썼던 것일까? 이해가 되지 않았고 이제 와서 이해하고 싶지도 않았다. 사실 삼십 년 동안을 함께 살아온 가족을 이제 와서 굳이 이해하려고 노력하는 일 자체가 불필요하게 느껴졌다. 하지만 이제 아버지와 함께 살지 않기 때문에 한 번쯤 추억을 더듬어 보는 것도 나쁘지 않을 것 같았다.

내가 기억하는 아버지는 어떤 사람인가 생각해 보았다. 일단 생각을 시작하면 아버지의 인생을 한 편의 영화를 보듯 떠올릴 수 있을 것이라고 생각했다. 하지만 그렇지 않았다. 아버지와의 기억은 분쇄된 영수증처럼 조각나 있었고 전체적이지도 않았다. 나는 내심 놀랐으나 또 한편으로는 그것이 당연할지도 모르겠다고 생각했다. 가족 간에는 습관적인 무심함이 존재하므로. 나는 대신 아버지의 편지를 다시 한번 읽어보았다. 이번에 아버지가 보낸 편지의 필체는 내가 이십 년 전에 보았던 그것과는 조금 달랐다. 전반적으로 휘갈겨 쓴 느낌이 드는 것은 원래 아버지의 필체인 듯했으나 오랜 시간을 두고 침착하게 쓴 느낌이어서 예전의 그 폭풍우가 치는 느낌은 사라지고 없었다.

두 번째 편지

나는 잠시 차에서 내려 그 붉은 비단길을 바라보았는데 그 길 끝에서 왠지 너희 엄마가 나를 바라보고 있는 것 같은 느낌이 들었다.

은주와 동현이에게.

그동안 오키나와를 관광하고 돌아다녔다. 어쨌든 카즈네 집이 오키나와 중부에 있으니 차를 타면 어디든 두세 시간이면 도착할 수 있어 편하더구나. 차를 렌트해서 혼자 돌아다니기도 했지만 카즈가 일이 없는 날에는 카즈와 함께 돌아다니기도 했다. 카즈와 함께 다니면 이 친구가 길도 잘 알고 물정에도 밝아 나야 편한 일이었지만 이 친구 일이 없는 날도 많은 것 같은데 이렇게 해도 먹고살 수 있는 것인지 내가 더 걱정이 되더구나.

어느 날은 카즈와 카즈의 아이들과 함께 온갖 기념품 가게며 옷 가게, 음식점이 길 양옆으로 빼곡하게 들어선 국제거리를 구경했다. 분위기는 한국의 속초 시내 정도랄까? 명동이 떠오르기도 했는데 사람이 그 정도로 많지는 않았고 높은 건물들이 거의 없어 지방 소도시와 더 비슷한 느낌이었던 것 같다. 큰길 옆으로 빠지면 지붕이 있는 전통시장이 이어지는 것도 그렇고. 거리를 걸으며 내가 지나가는 말로 카즈에게 일이 별로 없는 것 같은데 괜찮냐고 물어보았다. 괜한 말을 물어보았나 살짝 후회가 들었는데 그가 바로 옆 가게 가판대에 걸려있는 슬리퍼를 가리키며 저기에 뭐라고 쓰여있냐고 되려 나에게 묻더구나. 내가 난쿠루 나이사? 라고 읽었더니 카즈가 맞아요, 난쿠루 나이사 리상, 하며 진주 같은 하얀 이를 드러내고 밝게 웃었다. 내가 그게 무슨 뜻이냐고 물었더니 오키나와 방언으로 '어떻게든 다 잘될 거예요.'라는 뜻이라고 했다. 한국에서 불과 두 시간 떨어진 섬인데 남태평양 열대 섬 원주민에서나 들을법한 태평한 말이라니. 오키나와가 왜 일본에서 가장 빈곤한 현인지 알겠더구나. 여기는 일본 본섬과는 달리 발전하려면 한참 걸릴 것 같다.

그날은 돌아오면서 좀 피곤해서 카즈의 옆자리에서 깜빡 잠이 들었는데 뒤에서 아이들이 할아버지 또 잔다, 하고 소곤대는 소리가 들렸다. 곧 카즈가 아이들에게 그러면 안 돼,라고 조용히 속삭이는 것을 보니 아이들이 뭔가 장난을 친 모양이지. 나는 그러거나 말거나 상관없이 몸을 좀 뒤척이고는 다시 잠을 청했다. 저 천둥벌거숭이 같은 애들이야 아무것도 모르겠지만 눈을 뜬다는 게 얼마나 힘이 드는 일이냐. 내가 뒤척이니까 뒤에서 후다닥 하는 분주한 소리와 자기들끼리 키득대는 소리가 들리더니 조용해졌다. 동현이도 어렸을 때는 장난이 심했었는데 기억나는지 모르겠다. 동현이랑 나이가 같은 4살짜리 개를 키웠던 것 기억하는지. 이제는 이름도 기억이 안 난다만 동현이보다 컸는데도 동현이가 그 개만 보면 달려들어서 꼬집고 당기고 흙을 던지고 그랬지. 그래서 개가 동현이만 보면 정원 구석에 얼굴을 처박고 동현이를 피해 다니곤 했지. 크면서도 장난이 어찌나 심한지 친구들이랑 아파트 앞에서 축구를 하다가 유리창을 깨 놓아서 내가 한 번만 더 말썽을 피우면 거꾸로 매달아놓고 발바닥을 때리겠다고 겁을 줬었잖니. 물론 실제로 그런 일이 생긴 적은 없었지만 말이다. 그래도 큰 말썽 없이 자라줘서 다행으로 생각하고 있다.

어제는 오키나와에서 가장 유명하다는 츄라우미 수족관이라는 곳을 다녀왔다. 규모가 말도 못 하게 크더구나. 세상에 있는 물고기란 물고기는 죄다 잡아넣은 것 같았다. 다리가 아파서 여러 번 쉬면서 보아야 할 정도였다. 주말이라 그런지 사람들이 꽉꽉 들어차서는 아이들은 탄성을 지르며 뛰어다니기 바쁘고 어른들은 그런 아이들을 쫓아다니느라 바쁜 것이 한국과 다를 바 없더구나. 고향 물 떠나 잡혀온 물고기는 무슨 죄며 아이들 쫓아다니느라 혼이 나간 부모들은 무슨 죄인지. 이 많은 돈은 또 다 어디로 들어가는지 궁금하구나. 엄한 놈 배나 불리고 있는 건 아닌지.

하지만 고래상어가 있는 메인 수족관을 봤을 때는 아무런 생각도 들지 않았다. 감동 그 자체였거든. 그런 광경은 처음 봤다. 고래상어는 일단 그 크기에서 다른 모든 물고기들을 한낱 배경으로 만들며 모든 사람들의 시선을 한눈에 사로잡는 존재감을 가지고 있었다. 그 엄청난 크기의 몸을 부드럽게 움직이며 이리저리 수족관을 도는데 마치 항공모함 같은 위용이 느껴지더구나. 그 거대한 것이 유연하면서도 무게감 있게 서서히 움직이는 모습을 보고 있자니 왠지 눈을 뗄 수가 없이 자꾸 그 모습에 빨려 드는 것 같았다. 사이렌의 노랫소리를 듣는 느낌이었다고 할까? 동현이가 지난 휴가 때 산소통 메고 물속에 들어가서 물고기를 본다고 하기에 그게 위험하다고만 생각했는데 이런 끌림 때문에 그런 위험을 감수한 것이었는지도 모르겠다는 생각이 들더구나. 같은 수족관 안에 만타레이라는 대형 가오리와 상어, 돌고래도 있었는데 그것들이 눈에 들어온 건 시간이 한참 지나 고래상어를 보는 것이 익숙해진, 혹은 지겨워진 후였다. 고래상어를 보다가 그런 작은 녀석들을 보니 마치 인형을 보는 것 같아서 크게 흥미가 가진 않았다. 관람을 마치고 수족관에서 나와 보니 정말 무언가에 홀린 듯 시간이 한참 지나있었다. 너희도 오키나와에 오면 여기는 꼭 한 번 들러보면 좋을 것 같다.

그러고 나서 58번 국도를 타고 북쪽 끝 해도곶까지 다녀왔다. 해도곶이야 오키나와의 북쪽 끝이라는 상징적인 의미 외에는 특별한 것은 없었지만 58번 국도를 타고 가는 동안 펼쳐지는 경치가 멋지더구나. 오른편으로는 낮은 구릉으로 막혀있어 인가의 모습은 거의 볼 수 없고 카메코우하카가 구릉 위에서 바다를 바라보고 있었다. 카메코우하카는 오키나와 전통 무덤을 말하는데 일명 거북이 등딱지 묘라고 한단다. 왼편으로는 도로 바로 옆에서부터 모래사장이 시작됐다. 여기는 섬이니까 어디서나 바다와 모래사장을 마주칠 수 있기는 하지만 어떤 곳은 모래사장이 매우 작아서 도로 바로 옆에서부터 바다가 시작되는 것 같기도 했다. 이렇게 도로 바로 옆에서 시작되는 바다는 옥빛부터 쪽빛까지 온갖 맑은 색으로 넘실대고 바다 멀리서는 아까 수족관에서 본 은빛 물고기들이 수면 위에서 팔딱거리는 것처럼 빛이 산란되고 있었다. 그 아름다운 바다 한가운데에서 서핑을 즐기고 있는 젊은이들이 간간이 보였다. 그 젊은이들은 팔딱대는 빛 한가운데 떠 있기도 하고, 물 위를 걷는 듯 파도를 타기도 했는데 그 모습이 아까 본 물고기 같기도 하고 자연의 일부처럼 자연스러워 보였다. 츄라우미 수족관보다 북쪽으로는 관광지가 거의 없기 때문에 나는 58번 국도를 거의 전세 낸 것처럼 사용할 수가 있었다. 원하는 곳 어디에서든 잠시 차를 세울 수 있고 속도를 줄여도 아무도 빵빵거리는 사람이 없으니 좋더구나.

진짜 장관은 돌아오는 길에 만날 수 있었다. 해도곶까지 갔다가 돌아오는 길에는 석양이 지고 있었지. 아까 반짝이며 은빛으로 산란되던 그 바다 위로 이번에는 석양빛으로 물든 붉은 비단길이 수놓아져 있었다. 그 비단길은 내가 운전하고 있는 차 바로 옆에서 시작해서 태양까지 곧게 뻗어있었다. 나는 잠시 차에서 내려 그 붉은 비단길을 바라보았는데 그 길 끝에서 왠지 너희 엄마가 나를 바라보고 있는 것 같은 느낌이 들었다. 나는 잠시 서서 너희 엄마와 이런저런 이야기를 나누었다. 대부분은 너희들에 대한 이야기였지. 기도는 자주 하니? 내가 오늘 밤 그랬듯 너희도 엄마를 위해 기도해 주었으면 좋겠구나. 또 편지하마.

2011. 11. 17.

아빠가

내가 아는 아버지는 평범한 사람이다. 서울에서 나고 자랐다. 호감형의 반듯한 얼굴에 표정이 밝고 서글서글한 말투로 주변 사람들에게 좋은 인상을 남기는 편이다. 우리에게는 다소간 엄하고 다소간 고집이 세고 다소간 답답하다. 이십 년 동안 같은 회사를 다니다가 은퇴를 했다. 음식은 모두 잘 먹지만 특히 회를 좋아하고, 드라마보다는 뉴스 보는 것을 좋아하고, 가족들에게 설명은 안 하지만 주식, 부동산

등 나름의 재테크 노하우를 가지고 있다. 선거에서는 사람들이 흔히 말하는 보수 세력에 표를 던진다.

평범한 아버지를 두었다는 것은 사회를 살아가는 데 있어서 불리한 일이다. '엄하신 아버지와 자애로운 어머니'처럼 진부하다고 욕을 먹기 십상인 표현 외에는 달리 아버지를 표현할 방법이 없기 때문이다. 덕분에 나의 입사지원서에는 아버지에 관한 이야기가 거의 등장하지 않았다. 군대에서도 동기들 중 누군가가 아버지의 성함을 묻는 간부들의 다정한 비호를 받을 동안 나는 땀을 흘리며 삽질을 계속해야 했다.

평범한 아버지를 두었다는 것은 또한 아버지와의 특별한 추억이 많지 않다는 의미이기도 하다. 나에게는 군 장성 아버지를 두었던 친구처럼 아버지의 집무실에 따라가서 모든 군인들이 아버지를 향해 경례를 하는 장면을 목격하며 아버지에 대한 존경심을 키운다거나 항공기 기장인 아버지와 함께 온갖 기계장치로 둘러싸인 비행기의 운전석에 앉아본다거나 하는 특별한 추억 같은 것은 없었다. 하다못해 아버지와 며칠 여행을 갔던 기억도 거의 없었다.

아버지는 여행을 좋아하지 않았다. 아버지는 결혼 전에 도쿄지사에서 몇 년 근무한 적이 있었고 해외로 몇 차례 업무 출장을 간 적도 있었다. 하지만 해외로 여행을 갔던 적은 없었다. 반면 누나와 나는 대학생 시절부터 교환학생이니 어학연수니 하며 외국에 나가서 여행을 하기도 했고 취업을 한 후에도 어머니가 아프셨던 그 해를 제외하고는 적어도 일 년에 한 번씩은 해외여행을 다녔다. 어머니가 돌아가신 다음 해 봄에도 누나와 나는 서로 여름휴가를 언제 갈지, 어디로 갈지에 대해서 이야기를 나누곤 했다. 아직 미혼인 친구가 많았던 나는 대부분 친구들과 함께 여행을 갈 수 있었지만 기혼인 친구가 많았던 누나는 간혹 혼자 여행을 가는 경우도 있었다.

그 해 어느 날 나는 모처럼 일찍 퇴근한 누나와 이야기를 나누고 있었다. 누나는 여느 때와 다름없이 테이블에 앉자마자 한바탕 회사 욕을 늘어놓았다. 모든 일을 누나에게 미루는 어이없는 과장 이야기와 책임질 일에는 발가락도 담그지 않고 아부에만 바쁜 또라이 차장 이야기는 지겹도록 들었으므로 나는 그 뻔한 레퍼토리에서 벗어나기 위해 또 다른 뻔한 레퍼토리인 여름휴가 이야기를 꺼냈다. 누나는 이번 여름에는 시간 맞는 친구들이 없어서 혼자 홍콩에 가서 쇼핑이나 하고 와야겠다고 말했다. 그러더니 이번에는 아빠를 데리고 가볼까? 하고 소파에 앉아 텔레비전을 보고 있던 아버지를 바라보았다.

아버지는 누나와 내가 퇴근할 시간 즈음에는 항상 소파

에 앉아서 텔레비전을 보고 있었다. 소파에 '앉았다'하기에는 엉덩이가 너무 빠져 있어서 거의 누워있는 것과 다름없는 자세였다. 그 자세는 너무나 편해 보여서 아버지는 소파에 앉아있는 것이 아니라 물속에 떠있는 것처럼 보이기도 했다. 아버지가 그 소파에 그 자세로 누워있는 것이 나에게는 어떤 추억이라면 추억일 수도 있다. 아버지는 그 자세로 텔레비전을 보다가 잠이 들곤 했는데 아무리 내가 들어가서 주무시라고 해도 누나가 들어오기 전까지는 절대 소파를 떠나지 않았다.

누나가 아버지에게 아빠, 이번에 나랑 홍콩 같이 갈래? 하고 물었다. 하지만 아버지는 됐어. 아빠 바빠. 그거 뭐 밖에 나가봐야 고생이지. 괜히 돌아다니다가 병이나 나고. 난 서울이 제일 좋다. 내 친구가 작년에 아들내미 가족이랑 홍콩 갔다가 더워서 탈 나가지고 고생만 엄청 하고 눈치 보이고 아주 죽을 맛이었다고 그러더라. 여행이 아니라 고문이었다고, 하더니 소파에서 몸을 일으켜 난 잔다, 하고 방으로 들어갔다. 그때부터 나는 아버지가 여행을 좋아하지 않는다고 생각하게 되었고, 아버지에게 여행을 가자는 이야기도 꺼내지 않았다

하지만 편지를 보아하니 아버지는 조금씩 오키나와를 즐기고 있는 듯했다. 하긴 세상에 여행을 싫어하는 사람이

있을까? 왜 나는 단순하게 아버지가 여행을 좋아하지 않는다고만 생각하고 있었을까? 다른 이유가 있을 것이라고 생각해 보지 않았을까? 아버지가 그렇게 말했기 때문에? 아버지가 하는 다른 말들은 그렇게 믿으려고 하지 않았으면서 왜 그 말은 그렇게 순순히 믿었던 걸까? 나는 믿고 싶은 것만을 들었는지도 모른다. 믿고 싶은 대로 들었는지도 모른다. 내가 생각하는 아버지의 모습이 진짜 아버지의 모습일까? 어쩌면 내가 아버지에 대해서 남들보다도 모르고 있는지도 모르겠다는 생각이 들었다.

하지만 나는 더 이상 깊이 생각을 이어나갈 수 없었다. 나에게는 퇴근 후에도 해야 할 일이 있었기 때문이었다. 나는 영어책을 펼쳤다.

내가 다시 영어 공부를 시작한 것은 새로운 부서로 이동한 후부터였다. 부서 이동을 할 때만 해도 나는 마음이 몹시 들떴다. 입사할 때부터 마케팅 부서에서 일하고 싶었는데 입사 이후 쭉 영업부서에서 일을 하다가 4년 만에 처음으로 제품 마케팅팀에서 일할 수 있게 되었기 때문이었다. 내가 맡게 된 제품은 시장에서는 새로운 제품이 아니었지만 우리 회사로서는 처음 시도해 보는 제품이었기 때문에 할 일이 많았고 배울 것도 많았다. 나는 어느 정도 고생을 할 각오가 되어 있었고 새로운 일을 배우는데 그쯤은 당연하다는 당찬 생각을 가지고 있었다.

하지만 전혀 예기치 못한 상황들이 하나둘씩 내 앞에 나타나기 시작하면서 나는 점차 혼란 속으로 빠져들었다. 먼저 거대한 언어의 장벽이 나타났다. 우리가 만들려는 제품의 원천기술을 가진 업체가 대부분 미국에 있었던 것이다. 당연히 우리는 영어로 의사소통을 해야만 했다. 그러나 내가 이 회사에 입사한 이래로 4년 동안 영어를 쓴 일은 단 한 번도 없었다. 물론 대학생 때 외국에서 교환학생을 한 적도 있고 토익점수도 낮은 편은 아니었다. 하지만 영어로 비즈니스를 하는 것은 전혀 다른 일이었다. 그것도 일 년에 몇백 억씩 매출 계획을 가지고 있는 상황이라면 더욱 그랬다. 사소한 뉘앙스 하나에 의도하는 바가 전혀 달라질 수도 있었다. 나는 백조와 같은 태도로 평정심을 유지하는 척하는 방법을 택했다. 겉으로는 아무런 문제가 없는 듯 메일을 썼고, 전화가 오면 오케이, 이메일 미, 하고 전화를 끊었다. 그러고는 메일이 오면 사전을 들춰가며 메일 내용을 확인했다. 그리고 집에 와서는 다시 영어책을 펴고 영어 공부를 하기 시작한 것이다.

회사에서 메일을 보낼 때나 메일을 읽을 때도 영어사전을 찾아보면서 업무를 했기 때문에 메일 하나를 읽고 쓰는데도 많은 시간이 걸렸다. 내가 해석한 내용이 정말 맞는 것인지 의심이 들었고 내가 쓴 문장이 내가 의도한 의미를 담고 있는 문장인지 의심이 들었다. 그 의심을 지우고 상사에게 이런 메일이 왔는데요, 하고 말하기 위해서 나는 영어 메일을 몇 번이고 되풀이해서 읽어야만 했고, 몇 번이고 되풀이해서 써야만 했다. 내가 배우고 싶었던 것은 업무이지 영어가 아니었다고!

그러면서 근무시간은 서서히 늘어나고 있었다. 평일이면 9시 정도 퇴근하는 것이 일상이 되어 가고 있었다. 9시는 몹시 어정쩡한 시간이다. 퇴근을 할까 말까 고민을 하다가 6시 반쯤 나가서 저녁 식사를 하고 돌아와서 한두 시간 정도 더 근무하고 퇴근하게 되면 9시인 것이다. 이럴 거면 그냥 근무시간에 일을 조금 더 빨리 처리하고 저녁을 안 먹고 7시 반쯤 퇴근하면 되지 않았을까 후회하게 되는 것이 바로 9시 퇴근인 것이다. 9시에 퇴근해서 집에 들어가면 10시였는데 씻고 집안일을 깨작 하면 11시 혹은 12시였다. 이때부터 나는 특별한 일이 있지 않고서는 집에 돌아와도 절대 모니터를 켜지 않았다. 모니터를 켰을 때 지지직하면서 느껴지는 전자파의 파장을 느끼는 것만으로도 회사에서의 업무가 생각나 몸이 피곤해지는 느낌이 들었기 때문이다.

이런 상황이다보니 누나와 내가 동시에 바쁘기라도 하면 집안일은 걷잡을 수 없이 쌓여갔는데 집안일이란 뫼비우스의 띠 같아서 아무리 해도, 해도, 해도 결국 다시 제자리였다. 하지만 또 어떤 면에서는 걷잡을 수 없이 굴러떨어지며 불어나는 눈덩이 같았다. 편지를 읽으면서 나는 와이셔츠 한 장을 벗어서 이미 가득 찬 빨래 통 위에 휙 던져놓았는데 빨래더미들은 마치 당시의 내 정신 상태를 대변하듯 언제 쓰러져도 이상하지 않을 만큼 위태롭게 간신히 균형을 유지하며 쌓여 있었다. 나는 다 읽은 아버지의 편지를 누나의 책상 위에서 위태롭게 간신히 균형을 유지하며 쌓여있는 누나의 우편물들 위에 올려두었다.

세 번째 편지

가끔씩 카즈가 집 앞에서 서핑 수업을 할 때 따라 나가서 내가 필요한 일이 있으면 도와주기도 하고 카즈가 수업하는 모습을 구경하거나 파도치는 바다를 바라보면서 해변에 앉아서 시간을 보내기도 한다.

은주와 동현이에게.

아침에 일어나면 정신도 차릴 겸 운동도 할 겸 바다까지 십분 정도 걸어 나간다. 바닷바람을 쐬면서 이삼십 분 운동도 하고 몸도 풀면 건강하게 하루를 시작할 수 있을 것 같은 기분이 들지. 예전에 어디서 들었는데 아침에 음이온이 많이 발생해서 아침 운동이 몸에 더 좋다고 하더구나. 은주는 아침잠이 많아서 아침 운동은 절대 못하겠지만 동현이는 운동을 좋아하니 기왕 할 거면 아침에 하는 게 좋을 것 같구나. 바닷가로 이어지는 길을 따라 나가다 보면 옆집을 지나서 가게 되어 있는데 옆집에는 연세가 좀 있는 부부가 사는 것 같다. 얼핏 보기에 두 분 모두 나보다는 열 살 정도 많아 보이더구나. 내가 운동을 끝내고 집에 돌아오는 길에 보면 그 집 할아버지는 밭으로 나가서 일할 준비를 하시고 할머니는 마당에서 분주하게 야채를 다듬거나 소일을 하고 계신다. 그런데 나오코상에게 물어보니 할아버지는 97세시고 할머니는 92세시라고 했다. 전혀 구십대로는 보이지 않았는데 오키나와가 장수마을이라더니 그 말이 농담이 아니었나 보다. 구십 대에도 저렇게 정정하시다니 나는 도저히 그 나이가 실감이 나지가 않았다. 97세라고 하면 내 아버지 그러니까 너희 할아버지 연세 아니냐. 아니 사실 그보다도 몇 살은 많지. 확실한 것은 내가 만난 사람들 중에서는 가장 나이가 많다는 것이다. 언제 옆집에 가서 장수 비결에 대해서 듣게 되면 너희에게도 알려주마.

아침 운동을 마치고 집에 들어와서 신문을 보면서 카즈와 이런저런 이야기를 나누고 있으면 아이들이 쿵쾅대기 시작한다. 녀석들은 눈만 뜨면 넘치는 에너지를 어떻게 주체해야 하는지 모르는 강아지 마냥 온종일 둘이서 앞서거니 뒤서거니 뛰어다닌다. 아이들이 멜빵 반바지를 입고 사냥 모자처럼 테가 둥그런 곤 색 모자를 쓰고 학교로 나가고 나서야 집안이 조용해지지. 대충 오키나와 관광도 했고 그렇다고 집 안에만 있기도 적적해서 가끔씩 카즈가 집 앞에서 서핑 수업을 할 때 따라 나가서 내가 필요한 일 - 내가 필요한 일이라고 해봐야 그들이 서핑 수업을 받는 동안 물건을 지키고 있거나 카즈가 깜빡한 타월이나 따뜻한 물을 가져다주는 정도라 딱히 내가 필요하다고 보기도 어렵지만 어쨌든 있으면 도움은 되는 일-이 있으면 도와주기도 하고 카즈가 수업하는 모습을 구경하거나 파도치는 바다를 바라보면서 해변에 앉아서 시간을 보내기도 한다. 역시 시골 생활이란 여간 적적하지가 않지. 카즈에게 서핑을 배우러 오는 사람들은 일본 본섬 사람들도 있지만 외국인들도 적지 않았다. 내가 카즈에게 영어로도 수업이 가능하냐며 대단하다고 엄지를 치켜세워주니까 이 친구가 오사카에서 영업하던 시절에 영어를 배워둔 것이 그래도 쓸모가 있다며 회사 다니면서 배운 것 중에 그거 하나는 잘 써먹고 있다고 웃더라. 그러니까 역시 외국어는 배워두어서 손해날 것이 없지 않니? 요즘은 중국어가 대세라는데 너희도 이제부터라도 중국어를 배워보는 건 어떨지.

카즈가 수업하는 것을 보니 서핑이라는 것이 생각했던 것처럼 어려운 운동이 아니라는 생각이 든다. 카즈가 수업하면서 항상 말하기를 서핑은 결코 어려운 것이 아니다. 파도를 보고, 손을 몇 번 저은 다음, 일어서면 되는 아주 간단한 운동이다,라고 말하는데 대부분 처음 배우는 사람들은 그런 말도 안 되는 소리 하지 말라는 식으로 웃는다. 실제로 바다로 나간 사람들의 대부분이 일어나기는커녕 코를 바다에 처박으면서 앞으로 곤두박질치거나, 뒤로 나자빠지거나, 아니면 아예 파도를 잡지도 못한다. 하지만 카즈가 육지에서 수업하는 것을 보면 정말 서핑이 어려운 운동이 아니라고 느껴지게 되기도 한다. 육지에서 하는 수업이란 것이 파도에 실렸다는 가정 하에 일어서는 방법을 알려주는 것이거든. 먼저 엎드린 상태에서 서프보드의 중앙을 두 손으로 잡고, 왼 발바닥을 보드의 중앙으로 옮긴 후 기마자세로 일어서는데 이때 하체는 오른쪽을 바라보도록 하고 고개는 정면을 향하게 해서 균형을 잡으면 된다. 요즘 멀리서 말하는 소리는 잘 안 들려서 카즈가 수업하는 것을 몇 번이나 보고 나서야 다 알아듣기는 했지만 말로는 너무나 쉬운 방법이라 나도 쉽게 외울 수 있을 정도였다. 그래서 나는 카즈와 수강생들이 바다로 나간 사이에 혼자 해변에 엎드려서 하나, 둘, 셋 하고 카즈가 구령하던 대로 연습을 해보곤 했는데 일어설 때 끄응 혹은 에이고 하는 소리가 절로 나기는 하더라만 육지에서 이렇게 쉬운 일이 바다에서는 왜 그렇게 어려워 보이는지 도대체 이해할 수 없었다.

내가 보니까 아무리 처음 서핑을 배우는 사람이라도 두 시간 정도 바다에서 뒹굴고 나면 두 번 정도는 제대로 파도를 타게 되는 것 같다. 처음 제대로 파도를 탄 사람들은 마치 세상을 다 가진 것 마냥 소리를 지르더구나. 파도에서 내린 후에도 뭐가 그렇게 좋은지 실성한 사람 마냥 허파에서 숨이 다 빠져나갈 때까지 웃으면서 벌거벗은 채로 남녀가 껴안기도 했다. 그런 꼴을 보면 쯧쯧쯧 혀가 절로 차진다. 원 아무리 좋아도 그렇지 실성한 놈도 아니고. 너희는 어디 가서든지 잘 처신하거라. 너희 엄마가 항상 말했듯 여행이란 게 내가 남 꼴 보러 가는 것이기도 하지만 남에게 내 꼴 보이러 가는 것이기도 하잖니. 그렇게 두 시간쯤 서핑을 하고 나오면 아무리 건장한 청년이라도 얼굴이 핼쑥해져서 나오는데 그러면서도 얼굴은 잔뜩 기대했던 생일선물을 받은 어린아이처럼 들뜬 얼굴이니 참 별일이다.

카즈는 서핑 수업이 끝날 때마다 수강생들-수강생이라고 해봐야 한 번에 두세 명 정도가 고작이지만-에게 나를 소개하며 지금 당신들처럼 서핑을 배우고 있는 중이라고 농을 친다. 그러면 그들의 얼굴에는 마치 서핑 하는 개가 나오는 동영상이라도 본 것처럼 경악에 가까운 놀란 표정이 나타나지. 하긴 백발의 늙은이가 건장한 자기들처럼 서핑을 배운다는 것이 그들로서는 하늘을 나는 슈퍼맨을 보는 것 같은 느낌일 수도 있겠다는 생각이 들긴 한다. 원래 그 시절에는 늙은이들이란 다 지팡이를 짚고 숨을 헐떡거리는 존재라고 생각하기 마련이지. 그들이 그렇게 놀란 표정을 지으면 카즈는 천연덕스러운 미소를 지으면서 물론 리상이 아직 물에는 한 번도 들어가지 않은 단계지만,이라고 단서를 붙여서 수강생들을 웃게 만들지만 나로서는 조금 곤혹스러운 일임에도 불구하고 그때마다 여러 나라말로 변명하기도 어렵고 악의가 있는 농담도 아닌지라 그냥 그러려니 하고 있다. 그럴 때면 카즈의 얼굴에는 내가 언젠가는 서핑을 배우지 않고는 못 배길 것이라는 도전적이면서도 예언적인 미소가 떠오르는데 그것 때문에라도 나는 언젠가 내가 파도를 타고 있는 모습을 자꾸 상상하게 되더구나. 상상을 하다 보면 어느새 파도를 타고 있는 것이 내가 아니라 동현이의 모습으로 바뀌긴 하지만 말이다. 사실 그게 나의 젊은 시절인지 동현이인지 나도 헷갈리긴 한다.

여기서는 사람들이 아직도 서핑을 할 수 있는 날씨다만 이제 한국은 한참 추워질 때인데 보일러 관리 잘하고 지내거라. 또 편지하마.

2011. 12. 13

아빠가

나는 절대 아버지가 서핑을 하는 모습을 상상할 수 없었다. 아버지는 내가 운동을 하고 들어오면 종종 본인이 예전에 운동하던 이야기를 꺼내곤 했다. 그 이야기는 군대에서 태권도 검은 띠로 사병들에게 태권도를 가르쳤다거나 축구를 하면 항상 스트라이커를 했다거나 하는 류의 이야기였다. 그러나 이 이야기 속에는 '나는 무엇을 했다.'라는 명제만 있고 '언제 어디서 누구랑 어떤 일이 있었다.'라는 구체적인 장소, 시간, 상황 등이 없었기 때문에 나는 아버지가 운동을 하는 모습을 구체적으로 상상해 본 적이 없었다.

내가 기억력이란 것을 가지게 된 후에도 나는 아버지가 야외에서 운동하는 모습을 실제로 본 적이 없었기 때문에 아버지가 운동을 하는 모습에 대한 나의 상상력은 더욱 빈곤해졌다. 때문에 나는 아버지의 입버릇과는 반대로 아버지가 운동을 잘하지 못할 것이라는 잠정적인 결론에 도달할 수 있었다. 나의 이런 판단은 내가 사람의 운동능력을 판단할 수 있는 일정 수준의 통찰력이 생긴 후에는 점차 확정적인 사실로 굳어져 갔다. 나는 중학교 때부터 꾸준히 축구, 농구 같은 단체 스포츠를 즐기면서 다양한 사람들을 만난 덕분에 사람들이 공을 던지거나, 받거나, 차거나 하는 모습을 한두 번만 봐도 대충 저 사람이 운동을 잘하는 사람인지 아닌지를 구분할 수 있게 되었던 것이다. 내가 보기에 아버지는 자신의 몸을 제대로 사용할 줄 모르는 사람이었다. 그렇다고 해서 아버지가 모든 운동에 아주 숙맥이라는 의미는 아니었다. 그러나 내가 판단하기에 그것은 선천적인 재능에 의한 움직임이라기보다는 후천적인 노력과 집념에 의한 습득이었다.

아버지는 회사에서는 영업 이사였지만 근본은 공학도였다. 전기 전자공학과 출신이었던 아버지는 스포츠뿐만 아니라 어떤 새로운 일이라도 일단 시작하기 전에 먼저 책으로 매뉴얼을 숙지한 후에 행동으로 옮기는 습관이 있었다. 책을 통해서 예습을 한다는 것은 아주 좋은 습관일 수도 있었지만 그것이 아버지 특유의 고집과 결합되면 예상치 못한 난감한 상황들을 만들어내기도 했다.

아버지는 오 년 전부터 검도를 배워오고 있었다. 검도를 시작할 때도 역시 아버지는 책을 한 권 구입해서 읽으셨다. 거기까지는 전혀 이상한 일이 아니었다. 그러나 패션에 트렌드가 존재하듯 스포츠에도 기술의 발달과 신체구조의 변화에 따라 트렌드라는 것이 형성된다. 테니스에서 그립을 잡는 방법이 변한다거나 수영에서 손을 젓는 방법이 시대에 따라 조금씩 변한다거나 하는 것이 그런 트렌드의 예가 될 수 있을 것이다. 하지만 각 종목별 입문서에 이런 거시적인 내용까지는 쓰여 있지 않았던 모양이다. 아버지는 한 치의 의심도 없이 본인이 책에서 읽은 것이 전부라고 생각했던 것 같다. 검도를 시작한 지 두어 달이 지난 어느 날 나는 집에 들어오면서 검도 사범에 대한 불평을 하는 아버지의 목소리를 듣게 됐다. 검도 사범이 가르치는 스텝이 책에서 본 것과 다르다며 사범과 한바탕하고 왔다는 이야기였다. 나는 얼굴도 본 적 없는 그에게 미안한 마음과 함께 일종의 짠한 동지애를 느꼈다. 만약 내가 그 검도 사범을 알았다면 그날 밤 그와 소주 한 잔 기울이면서 저는 삼십 년 동안 그렇게 살았어요, 하고 그를 위로하고, 위로받았을지도 모르겠다.

아버지는 한 번 어떤 주제에 집중하게 되면 물불을 가리지 않고 덤벼들었기 때문에 거기에 본인이 가진 모든 힘, 아니 본인이 가진 것보다 더 많은 힘을 쏟아부었다. 한 번 검도에 꽂힌 후에는 집에서도 죽도를 놓지 않았고 안방의 천장이며 장롱을 온통 죽도 끝으로 상처 내서 어머니를 질겁하게 만드는가 하면 검도장에서 토할 때까지 대련을 하고는 집에 돌아와서 끙끙 앓아눕기도 했다. 검도에서 대련을 할 때는 쉬지 않고 빠르게 돌진해야 했기 때문에 정해진 룰대로 3분만 대련을 해도 전력으로 백 미터 달리기를 한 것처럼 숨이 턱까지 차오르기 마련이었다. 그러므로 대련을 할 때는 상대방의 기세와 관계없이 스스로의 페이스를 조절하는 능력이 반드시 필요했다. 하지만 아버지는 한 번 페이스가 올라가면 스스로 페이스를 내릴 줄 몰랐기 때문에 반드시 무리를 하고야 마는 것이었다. 그럴 때 아버지는 어느 가수의 노래 가사처럼 브레이크가 고장 난 팔 톤 츄럭 같은 존재였다. 가족들이 아무리 작작 좀 하시라고 핀잔을 주어도 그때뿐이었다. 그러므로 나는 아버지가 서핑을 하는 모습을 절대 상상할 수 없었다.

네 번째 편지

어느 날은 내가 카즈에게 부탁해서 지하실에 있는 작업장에 함께 내려가 보았다.

창문에서 들어온 한줄기 빛이 제작 중인 하얀 서프보드의 배를 비추고 있었고 그 빛의 기둥 안으로 아주 미세한 먼지들이 대류현상을 일으키며 천천히 떠돌고 있어서 그 서프보드가 하늘에 떠있는 배 같아 보였다.

은주와 동현이에게.

요즘은 카즈의 아이들과 함께 보내는 시간이 많아졌다. 아이들이 방학을 하기도 했고 여기는 겨울철이 성수기라 요즘 카즈의 손님도 많아졌거든. 카즈가 수업을 하는 동안 근처에서 아이들과 함께 시간을 보내지. 첫째인 쿄헤이는 물은 좋아하지만 높은 곳에 올라가는 것은 무서워해서 해변 뒤 도로에서 스케이트보드를 탄다. 둘째인 켄지는 절벽 위에 올라가서 뛰어내리는 것을 좋아하는데 물에 풍덩 들어갔다가 물 위로 쑥 올라올 때 수영 팬티를 잃어버리기도 해서 몇 번인가는 함께 수영 팬티를 찾느라고 물속을 헤매기도 했다. 그렇게 아이들과 함께 놀아주다가 돌아오면 나는 거의 항상 돌아오는 차 안에서 잠이 드는데 그러면 녀석들은 할아버지 또 잔다, 하고 소곤대면서 코밑에다가 종이를 대기도 하고 내 눈앞에서 작은 손을 흔들어 보기도 하면서 장난을 친다. 그렇게 한참을 놀고 집에 들어오면 단것이 당기기 마련이라서 나는 가끔 돌아오는 길에 슈퍼마켓에 내려서 아이들이 좋아하는 간식거리나 여기서 유명한 블루실 아이스크림을 사주기도 하지. 특히나 블루실 아이스크림은 아주 신선한 맛이 나는데 내 입맛에는 베니이모 맛이라고 해서 자색 고구마 맛이 맛있게 느껴진다. 그럴 때면 켄지는 우와 할아버지 짱, 하고 엄지를 치켜세워주고 쿄헤이는 이걸 받아도 되는 건가 갸우뚱하다가 내가 괜찮다고 받으라고 하면 조금은 수줍은 목소리로 할아버지 감사합니다, 하고 고개를 꾸벅 숙인다. 쿄헤이가 잠시 망설이는 건 나오코상의 허락 없이 단것을 먹으면 혼나기 때문이지. 그래서 나는 아이들에게 단것을 사줄 때는 나오코상에게는 비밀로 한다. 가끔 나오코상이 놀고 들어온 아이들에게 우리나라 부추전 비슷한 히라야치를 간식으로 주곤 하는데 내가 간식을 사준 날은 아이들이 히라야치에는 별 관심이 없지. 아이들이 오늘은 배가 별로 안 고파요, 하고 방으로 휭 들어가면 나오코상은 오늘은 웬일이지? 하는 의아한 표정을 짓지만 나는 나오코상이 보이지 않는 곳에서 아이들과 찡긋 눈을 맞추곤 한다. 일종의 남자들만의 비밀이랄까. 비밀을 공유하면 사람이 친해지기 마련이지. 안 그러냐? 예전에 동현이도 나랑 드라이브 나가서 엄마 몰래 라면도 먹고 했었잖니.

내가 간식을 사주지 않은 날에는 나오코상이 주는 간식을 먹는데 이때는 어떻게든 손을 안 씻고 간식을 먹기 위해서 한바탕 소란이 벌어진다. 나오코상이 손 씻고 와서 간식을 먹으라고 하면 아이들은 처음에는 오늘은 안 넘어져서 괜찮다, 모래성 만들기는 안 했다, 오면서 벌레를 잡지 않았다, 등 갖은 핑계를 대지만 통할 리가 없지. 결국에는 어떻게든 그냥 간식을 먹어보려고 간식에 몰래 손을 뻗다가 나오코상에게 손등을 한대씩 찰싹 맞고 나서야 뼈다귀를 뺏긴 강아지 같은 불쌍한 표정을 지으며 화장실로 향한다. 거기까지만 하고 손을 씻으면 되는데 이 녀석들이 꼭 나를 붙잡고 늘어져서 나까지도 귀찮게 만들지. 켄지가 할아버지도 손 안 씻었는데, 하고 구시렁거리면서 화장실로 가면 나오코상이 나를 가만히 쳐다본다. 그러면 나도 무안해서 흐음 하고 눈빛을 피해 보지만 이내 나오코상이 리상도 손 씻으셔야죠, 아이들 교육 좀 도와주세요, 하고 말하면 나도 손을 씻어야지 별 수 있겠니. 나오코상의 그 눈빛을 보면 내가 한국에서도 안 겪어본 며느리 시집살이가 이런 느낌이려나 하는 생각이 든다. 평소에는 참 다정한 안주인인데 말이지. 그러니까 동현아 여자를 만날 때는 외모보다는 성품을 보고 결정해야 한다.

며칠 전에는 카즈가 보드를 들고 온 사람과 마당에서 한참 이야기를 나누고 있는 것을 보게 됐다. 처음에는 계속 서핑 이야기를 하기에 카즈에게 수업을 들으러 온 사람인가 했더니 보드를 주문하러 온 사람이었다. 카즈는 주변의 아는 사람들에게 보드를 만들어 주기 때문에 개인의 성향을 반영한 보드를 만들 수 있어서 사람들이 좋아한다고 하더구나. 서프보드라는 것도 다른 탈것과 마찬가지여서 타는 사람의 체중이라거나 무게중심, 평소 움직임의 스타일에 따라서 그 형태가 달라져야 한단다. 그렇게 하나씩 하나씩 다르게 만들어내니 많이 만들 수는 없겠지. 일본인들이 장인 정신을 좋아하기는 하지만 돈을 벌려면 라인에서 쭉쭉 찍어내야 하는 건데 그렇게 수공업으로 해서는 인건비도 안 나올 것 같다.

어느 날은 내가 카즈에게 부탁해서 지하실에 있는 작업장에 함께 내려가 보았다. 작업장 한가운데 서프보드를 올려놓을 수 있는 작업 선반이 있었다. 그것을 선반이라고 하기에는 형태가 좀 애매할지도 모르겠다. 서프보드를 고정시킬 수 있는 네 개의 다리에 부드러운 소재의 스펀지 같은 것을 감아 놓아서 서프보드를 걸쳐놓을 수 있는 형태였다. 그 위에는 제작 중인 알몸의 순백색 보드가 놓여있었지. 그게 별것도 아닌데 왠지 옷을 벗고 있는 여인을 보는 것처럼 정면으로 보기가 좀 민망했다. 계단을 마주 보는 벽 쪽에는 책상 같은 것이 있어서 그 위에 작업 도구들이 어지럽게 놓여있었다. 그 옆쪽 벽에는 완성되었거나 수리를 기다리는 보드들이 걸려 있었다. 계단을 내려가니 처음 맡아보는 탁한 냄새 혹은 코를 쏘는 것 같은 냄새가 났다. 그냥 서핑 하는 사람들을 보기만 했을 때는 서프보드는 나무로 만들 것이라고 생각을 했었는데 작업실에 가보니 스티로폼 비슷한 것을 갈아서 서프보드를 만들고 있었다. 카즈는 선반 서랍에서 마스크를 꺼내 보여주면서 작업장에서 서프보드의 모양을 다듬는 작업을 할 때는 반드시 그 마스크를 착용한다고 했다. 건강에 좋은 일 같아 보이지는 않았다. 작업실 바닥에는 작업하는 동안 하얗게 갈린 스티로폼들이 비행기를 타고 위에서 내려다보는 구름처럼 발밑에서 저들끼리 휩쓸려 다녔다. 반지하라고는 하지만 거의 지하에 가까워서 조금 답답한 느낌이 들었다. 하지만 왠지 남자라면 한 번쯤 꿈꾸는 자기만의 작업 공간이라는 생각이 드니 내심 부러운 생각이 들었다. 동현이는 내 심정을 이해할 수 있을지도 모르겠구나. 마침 창문에서 들어온 한줄기 빛이 제작 중인 하얀 서프보드의 배를 비추고 있었고 그 빛의 기둥 안으로 아주 미세한 먼지들이 대류현상을 일으키며 천천히 떠돌고 있어서 그 서프보드가 하늘에 떠있는 배 같아 보였다. 멋진 작업 공간에 들어가니 상상력이 풍부해지는 모양이다. 카즈가 모래사장에서 모래 묻은 서프보드를 들고 왔다 갔다 할 때는 몰랐는데 작업장에서 작업대 위에 올려진 서프보드를 보니 그 날렵한 선이 무척 아름다웠다. 아름다운 곡선을 이야기할 때 남들은 보통 여성의 인체를 떠올리곤 하던데 나는 이것도 철강 회사에서 일한 직업병인지 파이프의 곡선이 생각났다. 처음 만들어진 매끈한 파이프의 곡선도 무척 아름답단다. 결국에는 너무 지긋지긋하게 본 나머지 그것이 아름다운 것인지 원수 같은 것인지 구분할 수 없을 만큼 무심하게 되었지만 말이다. 카즈 이 친구는 서프보드를 아주 사랑하는 친구 같았다. 나에게 여러 가지 보드를 보여주면서 이건 롱 보드이고, 이건 숏 보드이고, 이건 어떤 특징이 있고, 저건 어떤 특징이 있고, 요즘에는 다른 재료를 많이 쓰는데 그건 초보자가 컨트롤하기 어려울 수도 있다면서 나로서는 듣고 나서 돌아서는 순간 기억할 수 없는 설명을 장황하게 늘어놓더니 만들고 있는 서프보드의 배 위에 가만히 손을 올리고 몸통을 훑으면서 그 곡선을 음미하고는 흐뭇한 미소를 짓더구나. 그 모습을 보니 역시 일본인이라 그런지 오타쿠 같은 구석이 있다는 느낌이 들었다. 하긴 사람이라면 누구나 어느 한구석에는 그런 면을 가지고 있겠지. 그것을 드러내느냐 아니냐는 또 다른 문제지만 말이다. 왠지 일본인들은 그런 면을 드러내는 것에 대한 거부감이 없는 것 같다. 감정을 드러내는 것은 두려워하면서 본성을 드러내는 것은 두려워하지 않으니 우리로서는 이해하기 힘든 사람들인 게지.

아마도 그때였던 것 같다. 내가 서핑을 한 번 배워봐야겠다고 생각한 것은. 어째서 서핑을 하는 사람을 보았을 때는 막연한 두려움으로 다가왔던 것이 그 작업실과 그 안에서 만들어지고 있던 미완성의 보드를 보고서 그것을 타고 싶다는 생각으로 바뀌었는지는 모르겠다. 그 작업실은 신성해 보였고, 신성한 곳에서는 계시를 받는 것이 마땅한 일인지도 모르지. 어쩌면 그전에 카즈가 툭툭 던지던 말들에 조금씩 세뇌 당하고 있었는지도 모르고. 그런 면에서 보면 카즈 이 친구도 아주 집요하고 교활한 친구 아니냐. 나를 작업실까지 데려가서 결국 서핑을 배우게 만든 것을 보면. 오사카에 있었을 때 영업을 꽤 잘 했을 것 같다는 생각이 들었다.

내가 그에게 서핑을 한 번 배워봐야겠다고 말을 꺼내자 그는 마치 큰 딜을 성사시킨 영업사원처럼 함박웃음을 지으면서 두 손을 하늘을 향해 반쯤 들어 올리고서는 오~ 리상, 잘 생각했어요, 하고 나를 작업실 한 쪽 벽으로 데리고 갔다. 그러고는 마치 자동차 영업사원이 옵션을 하나 서비스로 끼워주겠다고 생색을 내는 것처럼 버려져서 수리 중인 롱보드가 있는데 어느 정도 실력이 늘 때까지 그것을 쓸 수 있도록 나에게 무료로 빌려주겠다고 했다. 내가 서핑을 배운다고 해서 이 친구가 뭔가를 얻는 것도 아닌데, 물론 수강료야 몇 푼 받겠지마는, 이렇게까지 잘 해주니 물건 잘 사고도 사기 당한 것 같은 기분이 드는 건 또 왜인지 모르겠구나. 얘기가 나왔으니 말인데 요즘 한국에서는 막 아무한테나 전화를 걸어서 계좌에 문제가 생겼다면서 정신없게 만든 다음 계좌번호와 비밀번호를 알아내고 돈을 빼가는 사기가 극성이라고 하던데 혹시라도 조심 또 조심하거라. 그리고 혹시 한국 서점에서 서핑에 관련한 책이 있으면 좀 보내주었으면 좋겠구나.

그날 저녁에는 쿄헤이와 함께 브라운을 산책시키러 나갔다. 언덕을 살짝 내려와서 해변 모래사장을 걷고 있는데 녀석이 제법 심각한 목소리로 아빠가 이번 겨울에 돈을 많이 벌어야 할 텐데 걱정이라고 하더구나. 조그만 녀석이 그런 생각을 하는 게 우습기도 하고 대견하기도 했다. 내가 아빠가 원래 오사카에 있는 큰 회사에서 일했던 건 아냐고 물었다. 아빠가 다시 거기 가서 일해서 돈 많이 벌었으면 좋겠냐고도 물었지. 그 아이는 그래도 지금 아빠가 매일 같이 놀아줘서 너무 좋다면서 돈 많은 것보다는 아빠가 같이 놀아주는 게 더 좋다고 대답했다. 다만 일이 조금만 더 많아서 아빠가 자기들 걱정을 안 했으면 좋겠다고 하는데 문득 너희들 생각이 났다. 내가 돈 버느라고 부산에 혼자 떨어져 있어 너희들과 함께 있어주지 못했던 것이 생각났지. 그때 너희들과 조금 더 많은 시간을 함께 보냈더라면 너희들이 크고 나서도 훨씬 다정한 아빠가 될 수 있지 않았을까? 나는 너무 오랜 시간을 너희들과 떨어져 지내느라고 너희들과 대화하는 방법을 익히질 못했다. 내가 회사를 그만두고 너희들에게 다가가려고 했을 때는 적당한 시기가 아니었지. 은주는 대학에 들어가서 자신의 생활을 구축해 나가고 있을 때였고 동현이는 거의 수험생이었으니까. 그리고 동현이까지 대학에 들어가고 나니 어느새 내가 거는 말에 너희는 언제나 아빠는 그것도 몰라, 로 대답하기 일쑤였고 나는 다음 질문을 어떻게 이어나가야 하는지 알 수 없었다. 아주 오래전부터 어긋나 있던 것을 한순간에 바꿀 수는 없었지. 너희 엄마가 그렇게 되고 난 뒤에는 상황이 더욱 어려워졌다. 그동안에는 엄마라는 중간자가 너희와 나 사이에 있었고 엄마를 통해서 그나마 너희들의 이야기를 들을 수 있었는데 이제는 그럴 수도 없었으니 말이다. 한 집에 살아도 대화하기가 참 어려웠다. 너희들이 바쁠 때면 나는 너희들이 출근하거나 퇴근한 것을 너희들이 벗어놓은 신발이나 빨래 따위로 추측할 수 있었을 뿐이었다. 다시 그때로 돌아간다고 해서 다른 결정을 할 수 있을 것 같지는 않지만 그래도 그때 부산에 가지 않고 서울에서 함께 생활할 수 있었다면 어땠을까 한 번 상상을 해본다. 이제와 아쉬운 생각이 드는가 보다.

요즘도 연말처럼 많이 바쁜지 모르겠구나. 바빠도 식사는 꼭 챙겨 먹어야 한다. 또 편지하마.

2012. 1. 19.

아빠가

아버지가 주말부부 생활을 청산하고 부산에서 서울로 올라온 것은 내가 고등학교에 입학한 지 얼마 되지 않았을 때였다. 서울로 올라온 아버지는 유난히 차를 아꼈다. 그때 아버지의 차는 검은색 뉴그랜저였다. 그 당시에는 꽤나 인기를 끌던 모델이었지만 나름 고급 차종으로 동네에서도 많이 볼 수 없는 차종이었다. 검정색차에 내려앉은 먼지는 눈에 잘 띄었기 때문에 아버지는 주말에 틈만 나면 항상 차를 몰고 나가서 세차를 하고 가까운 시외로 드라이브를 나가곤 했다. 아버지는 딱히 돈 드는 취미를 가지고 있지 않았기 때문에 어머니는 본인을 귀찮게 하지 않는 한 아버지가 차를 닦고 조이고 광내는 것에 대해서 크게 개의치 않았던 것 같다. 나는 종종 아버지의 세차를 돕거나 아버지가 세차를 마치고 드라이브를 나갈 때 조수석에 앉아 말 그대로 아버지의 조수 노릇을 하곤 했다. 물론 나의 목적은 공부의 압박에서 잠시나마 벗어나거나 드라이브 중에 우동이나 라면을 먹는 데 있었다. 그렇게 아버지를 따라다녔던 이 드라이브 코스는 지금 나의 데이트 드라이브 코스가 되어버렸다.

드라이브를 할 때 아버지는 기분이 굉장히 좋아 보였다. 일단 표정이 흘러내린 아이스크림처럼 풀어져있었고 말투 또한 한껏 부풀린 솜사탕처럼 부드러워졌다. 본인이 좋아하는 음악을 틀어놓고 음악에 맞춰 바블 헤드 인형처럼 고개를 까닥거리면서 운전하는 아버지는 어린 내가 보기에도 참 행복해 보였다. 그런 아버지를 보며 나는 틀림없이 운전을 하는 것은 행복한 일이라고 생각했던 것 같다. 그래서 나는 고등학교 졸업식 당일 밀가루 범벅이 된 머리를 대충 털고는 운전면허학원으로 향했다. 나는 대학 합격증보다 운전면허증을 먼저 받았고 드라이브는 지금 나의 가장 큰 취미가 되었다.

아버지는 차 안에서 음악을 듣는 것을 특히 좋아했다. 조수석 앞 서랍에는 항상 패티 김, 양희은, 노사연 혹은 이 모든 가수들의 음악이 섞여 있는 고속도로 테이프 등이 가득 차 있었다. 차로 이동할 때면 라디오든 테이프든 항상 음악을 틀어주었기 때문에 차 안에서는 끊임없이 음악이 흘러나왔다. 당연히 누나와 나도 아버지의 영향으로 음악을 좋아하게 되었다. 우리는 아버지의 차를 타고 라디오를 듣다가 좋아하는 가수의 노래가 나오면 그 노래를 따라 부르곤 했다. 그러다 신이 나면 그 가수가 부른 앨범에 있는 노래들을 앨범에 수록된 트랙 순서에 맞춰서 전곡을 부르곤 했다. 그렇게 하면 금세 목적지에 도착했다. 지금 떠올려보아도 그것은 흐뭇한 미소가 지어지는 광경이다.

생각해 보면 행복한 기억은 전혀 특별하지 않았다. 어느 집에나 있을 법한 그저 그런 기억이었다. 어디론가 향하는 차 안에서 모두가 함께 노래를 부르고, 식탁에 모여 앉은 가족들이 달큰한 참외를 입에 물고 실없는 농담을 나누는 것. 하지만 이 그저 그런 기억이 행복한 기억이 되기 위해서는 구성원 모두가 한자리에 모여 있어야 했고 모두가 웃고 있어야 했다. 모두가 한자리에 모이는 것. 사실은 이것이 몹시 충족시키기 어려운 조건이었는지도 모른다. 그렇기 때문에 내가 행복했었다고 기억하는 시간의 대부분은 아버지가 행복해했던 시간이었던 것 같다. 나머지 가족들은 아버지가 없는 시간에도 대부분 행복했다. 하지만 나는 그것을 완전체로서의 행복으로 받아들이지 않았다. 나에게는 아버지가 행복해했던 시간이 가족 모두가 행복했던 기억으로 남아있다.

면허를 취득하고 운전을 하기 시작하면서 나는 아버지가 차를 사랑했던 이유를 조금은 이해할 수 있었다. 아버지는 분노의 질주를 즐기면서 스트레스를 푸는 것이 아니라 그저 자동차라는 혼자만의 공간 속에서 보내는 시간을 즐겼던 것이다. 집에서 소파 외에 딱히 아버지의 공간이라고 부를 수 있는 공간이 있었던가? 가족에 속해있으되 가족들이 머무는 공간에서 자신의 자리가 없다는 것은 어떤 의미일까? 그런 공간 속에서 휴식이라는 단어는 성립할 수 있을까? 어느 순간에는 자기만의 동굴이 필요한 남자에게 자동차라는 공간은 그냥 공간 이상의 어떤 의미였는지도 모른다. 편안하고 쾌적한 신성한 영역이었는지도 모른다. 그러니까 어쩌면 우리는 가족이 함께 사는 공간에 그의 자리를 마련하지 않음으로 해서 드러나지 않게 잔인하게 그를 밖으로 내몰았던 것인지도 모른다. 나는 아버지가 카즈의 작업실에 얼마나 큰 동경을 가지게 되었는지 이해할 수 있었다. 그 순간만큼은 아버지와 강한 동지애를 느꼈던 것이다.

반면 마지막 순간에 내가 웃을 수밖에 없었던 것은 서핑에 대한 책을 보내달라는 아버지의 요청 때문이었다. 역시 아버지다웠다. 내가 알고 있는 아버지의 모습 그대로였다. 나는 인터넷 서점에 '서핑'하고 검색어를 한 번 입력해보았지만 대부분 영어로 된 원서뿐 한국어로 된 책은 찾기가 어려웠다. 더 찾아볼까 했지만 바쁘기도 하고 귀찮기도 했다. 차라리 잘된 일이라는 생각이 들었다. 괜히 책을 보냈다가 카즈와 불화가 생길지도 모르는 일이었다. 전화로 아버지에게 책이 없다고 전하자 아버지는 크게 놀란 듯 그래? 없어? 하고 반문했지만 이내 알았다며 강사가 바로 옆에 있으니 딱히 책이 없어도 상관없겠지, 하셨다. 누나는 아버지에게 거기서 병나면 챙겨줄 사람도 없으니 무리하지 말라고 당부에 당부를 거듭했다.

다섯 번째 편지

나는 내 서핑바지로 기하학적인 문양이 프린트된 파란색 바지와 별다른 무늬라고 할 게 없는 곤색 바지 중에 하나를 골라야 했는데 아이들에게 어떤 것이 더 낫냐고 물었더니 이번에는 둘째 켄지가 파란색을 골라주었다.

어쨌든 덕분에 간지 나는 바지를 하나 사게 됐구나

은주와 동현이에게.

오늘은 첫 서핑을 했다. 아침에 일어났더니 날이 잔뜩 찌푸렸더구나. 좀 추울 것 같았다. 내가 걱정이 되어서 이런 날에도 처음 서핑 배우는 사람이 파도를 탈 수 있냐고 물었더니 카즈는 오히려 서핑하기 좋은 날씨라며 좋아하더구나. 나를 안심시키려고 하는 말인지 진심인지 구분이 되지 않았다. 둘 중 어떤 의미라도 크게 걱정할 필요는 없다는 의미였겠지만 둘 중 어떤 의미라도 걱정스러웠다. 첫날이기도 하고 책을 전혀 못 읽고 시작하는 것이라 좀 긴장이 되더구나. 오전 8시쯤 나갔는데도 바다에는 이미 많은 사람들이 나와서 서핑을 하고 있었다. 카즈는 해변에 도착하면서부터 만나는 사람마다 인사를 나눴는데 다들 카즈와 친한 듯했다.

옷이 마땅치가 않아서 카즈가 빌려준 바지와 티를 입었는데 바지가 원래 그렇게 큰 것인지 카즈의 옷이어서 큰 것인지 곧 벗겨질 것 같아서 불안하더구나. 어쨌든 입을 것이라고는 그것뿐이었으니 별 수 없었지. 옷을 갈아입고 카즈가 선물해 준 파란 보드를 꺼내들었다. 무게가 많이 나가는 것은 아니었지만 내 키보다도 커서 옆구리에 보드를 끼니 앞뒤로 꽤 길었다. 바람이 꽤 불고 있었는데 모래사장에서 그 긴 보드를 들고 움직이려니 걷는 것부터 쉽진 않았다. 내가 휘청거리면서 보드 뒷부분을 몇 번 모래사장에 쳐처박았더니 옆에서 자신의 보드를 꺼내던 한 일본 남자가 도와주겠다며 보드를 달라고 하더구나. 나는 괜찮다며 손사래를 쳤는데 그때 다시 바람이 부는 바람에 보드 뒤편이 한쪽으로 쏠리면서 스텝이 꼬여버렸지. 누가 봤을 때는 영락없이 다리가 풀린 것으로 보였을 게다. 그 일본인은 도조, 도조, 하면서 내 보드를 뒤에서 쑥 빼내더니 자신의 옆구리에 끼고 카즈 옆에 내 보드를 갖다 놓고 카즈와 이야기를 나눴다. 그 남자도 카즈의 친구였던 모양이다. 알면 알수록 여러모로 유용한 친구지. 보드 옆에서 준비운동을 한 후에 내가 종종 보아왔던 수업을 시작했다. 카즈도 내가 그 수업을 몇 번이나 들었다는 것을 알고 있었기 때문에 간단한 주의사항을 알려준 후에 곧바로 파도 타는 법을 알려주었다. 카즈가 먼저 설명하고 시범을 보여주었고 내가 그의 동작을 따라 했다. 처음에는 구분 동작부터 시작했지. 손을 젓고, 보드의 중앙을 집고, 왼발을 보드 중앙에 딛고 기마자세로 일어나서 균형을 잡는다. 혼자서 따라 해 본 적도 있고 이젠 외울 정도라 어려운 일은 아니었다.

모래사장에서의 수업 후에는 해변 가까운 곳에서 거

의 부서져가는 거품만 남은 파도를 타는 연습을 했다. 물이 허리까지 밖에 오지 않는 깊이였다. 처음에는 팔을 젓는 시늉만 했고 카즈가 파도의 속도에 맞추어서 서프보드 뒤를 슬쩍 밀어주면 파도에 올라탄 다음 무릎을 꿇고 앉는 연습을 했다. 엎드려 있다가 무릎 꿇는 자세로 바꿀 때 보드가 양옆으로 흔들려서 옆으로 떨어지기도 했고 무릎도 꿇기 전에 파도가 끝나곤 했다. 그래도 그리 오래 지나지 않아서 무릎을 꿇는 자세까지는 곧잘 할 수 있게 되었다. 내가 그래도 태권도 사범도 했고 운동을 좀 하잖니.

그다음 단계는 내가 젓기, 즉 패들링을 해서 온전히 내 힘으로 파도를 타는 것이었는데 이것은 쉽지가 않았다. 일단은 속도가 잘 안 나더구나. 파도가 지나갈 것 같으면 옆에서 카즈가 패들, 패들, 패들, 패들, 하고 빠르게 외쳤다. 요즘 텔레비전에 젊은 가수 애들이 나와서 랩인지 뭔지 무슨 말인지도 모르게 중얼중얼 거리는 그 비슷하더구나. 그럴수록 나는 마음이 급해져서 내 딴에는 팔을 빨리 휘두른다고 하는데 아무리 빨리 휘둘러도 속도가 나질 않았다. 내가 패들링 하는 모습을 보더니 카즈가 천천히 하더라도 힘 있게 해야 한다고 조언해 주었다. 그래서 다음번에 파도가 올 때는 천천히 힘을 줘서 했는데 그랬더니 파도가 금세 쇄악 하고 나를 지나가서 부서져버렸다. 카즈가 잘했는데 이번에는 좀 빠르게 해보라고 하더구나. 그래서 이번에는 좀 더 빠르게 저으려고 하는데 카즈가 또 옆에서 패들, 패들, 패들, 패들, 하고 중얼거리니까 마음이 급해져서 그 속도에 맞춰 빨리 저었지. 그랬더니 이번에는 또 그렇게 하는 게 아니라고 손을 앞으로 쭉 뻗어서 한 손으로 번갈아 접영을 한다는 느낌으로 힘 있게 저어주어야 한다고 했다. 그래서 나는 접영을 배워본 적이 없다고 했지. 그랬더니 카즈가 머쓱한 표정을 지으면서 여하튼 물속에서 힘 있게 저어야 하는 거라고 하더구나. 그래서 나는 힘 있게 젓고 있는 거라고 했지. 그랬더니 카즈가 리상은 지금 팔을 이렇게 하고 있다면서 시범을 보여주었고, 다음에는 이렇게 해야 한다고 시범을 보여주었는데 내가 보기에는 그 모습이 그 모습인 것 같아서 뭐가 다른지 잘 모르겠더구나. 그래도 일단 알았다고 대답하고 다시 한 번 해보자고 했다. 책이라도 있었으면 내가 미리 보고 연구라도 좀 했을 텐데 역시 아무 바탕 없이 배우려니 어렵더구나. 그렇게 몇 번을 패들링만 하고 파도를 타지 못하니 조금 지겹기도 하고 팔이 아프기도 해도 그날은 그만두고 나왔다.

서핑을 끝내고 나와서 모래사장에서 좀 쉬고 있었더니 먼저 타던 사람들이 하나둘씩 나와서는 오늘 처음이냐며 어땠냐고 말을 걸었다. 그러면서 패들이 중요하다는 둥, 무게 중심을 잘 잡아야 한다는 둥 물어본 적도 없는데 다들 한마디씩 거들고 가더구나. 여기가 시골 동네여서 그런지 사람들이 참견하기 좋아하는 것 같았다. 그렇게 이런 저런 이야기 들으며 쉬다 보니 별것 한 것도 없는데 오전이 훌쩍 지났다. 서핑 자체가 그렇게 재미가 있었다는 것은 아니지만 물속에서 뭔가를 배우기도 하고 이 사람 저 사람과 이야기 나누다 보니 시간이 금방 가는 것 같다. 오키나와도 대충 다 유랑한 차에 소일하기 좋겠다 싶어서 한동안 배워야겠다고 생각했다.

그래서 오후에는 서핑 할 때 입는 옷을 사려고 쇼핑센터에 다녀왔다. 마침 카즈도 새 학기를 맞아서 쿄헤이와 켄지에게 옷을 사주기로 했다고 해서 동행했지. 나하 시내 신도심 쪽에 스포츠 용품만 파는 아웃렛인지 대형마트인지 그 비슷한 것이 있었는데 창고처럼 생긴 건물 안에 들어가니 정말 크고 없는 것이 없었다. 그 규모를 보니 일본이 정말 생활 스포츠가 잘 발달한 나라인 것 같다는 생각이 들더구나. 축구, 야구, 캠핑용품은 물론이고 자전거, 해양스포츠, 골프까지 없는 것이 없었다. 아마 쇼핑에는 관심 없는 동현이라도 스포츠 용품이 이렇게 많은 걸 봤으면 깜짝 놀랐을 거다. 나도 눈이 휘둥그레져서 둘러보다가 해양스포츠 코너에 가서 서핑 할 때 입는 바지와 긴팔 상의를 고르기 시작했다. 카즈가 쿄헤이에게 사줄 옷이 다른 사이즈가 있는지 물어보러 간 사이에 쿄헤이가 나를 올려다보면서 할아버지 히피에요? 하고 물었다. 나는 해피라고 하는 줄 알고 해피? 하고 다시 물었는데 쿄헤이가 고개를 젓더니 히피요 히피, 했다. 내가 어떻게 반응해야 할지 몰라서 애매한 표정을 짓고 있었더니 쿄헤이는 히피 아니에요? 서핑하면 히피가 된다고 했는데. 아직 아닌가 보네. 할아버지도 이제 곧 히피가 될 거예요. 내가 알아요, 하고 설명해 주더구나. 내가 모르고 있는 것을 자신은 알고 있다는 자신만만한 표정으로 그 말을 하는데 나는 이 녀석이 히피가 무슨 의미인지는 알고 그 말을 하는 것인지 궁금했다. 하지만 내가 거기서 히피가 뭐라고 말해봐야 산타 할아버지가 있다고 믿는 아이에게 산타 할아버지는 없다고 설명해 주는 것 같은 꼴이 될 것 같아서 그냥 허허 웃고는 그래, 할아버지도 히피가 되는 거구나. 알려줘서 고맙다, 하고 말았다. 마침 카즈가 사이즈 확인을 마치고 돌아와서 쿄헤이가 옷을 입어봐야 했기 때문에 우리의 대화는 거기서 중단됐지.

나는 내 서핑 바지로 기하학적인 문양이 프린트된 파란색 바지와 별다른 무늬라고 할 게 없는 곤 색 바지 중에 하나를 골라야 했는데 아이들에게 어떤 것이 더 낫냐고 물었더니 이번에는 둘째 켄지가 파란색을 골라주었다. 내가 왜 그게 더 마음에 드냐고 잘 어울리냐고 물었더니 켄지가 어디서 배운 단어인지 단호하게 간지, 하더구나. 나는 자기 이름인 켄지를 말한 것 인 줄 알고 켄지? 켄지가 보기엔 이게 더 좋다고? 하고 물었다. 그랬더니 켄지는 고개를 저으면서 서핑은, 간지가, 중요해요, 하고 또박또박 말하더구나. 그 모습이 어찌나 귀여운지 웃기는 했다만 도대체 애들이 어디서 이런 말을 배우는 건지. 히피나 간지나 아무래도 카즈의 서핑 하는 친구들에게 배운 말이겠지. 내가 카즈를 쳐다보았더니 카즈는 또 껄껄껄 웃으면서 그래 맞아, 서핑은 간지가 중요하지, 하고 맞장구를 치더구나. 원 아빠라는 사람이 애들 앞에서. 그래서 아이들 앞에서는 아무 말이나 막 하면 안 되는 법인데. 어쨌든 덕분에 간지 나는 바지를 하나 사게 됐구나. 예전에는 마음에 드는 옷이 있어도 마음대로 산 적이 없었는데 간만에 마음 놓고 새 옷을 샀더니 기분이 괜찮다. 우리 때는 무조건 아끼는 게 미덕이어서 새 옷을 사는 일은 나쁜 짓을 하는 것 같이 느껴졌었는데 오늘 쇼핑을 해보니 기분이 나쁘지 않았다. 이래서 은주가 달마다 절기마다 인터넷으로 옷이 담긴 택배 상자를 줄줄이 집으로 보냈던가 보구나. 그래도 필요한 물건은 계획적으로 사 버릇 하는 것이 좋다. 혹시라도 집에 부족한 것은 없이 잘 챙기고 있는지 모르겠구나. 둘 다 바빠 보이더라만 서로 미루지 말고 잘 챙겨서 얼마 남지 않은 겨울 잘 나도록 하거라. 또 편지하마.

2012. 2. 19.

아빠가

아버지는 옷을 사는 적이 없었다. 가끔씩 아버지는 팔소매 끝부분이 풀어져 너덜 해진 양복 재킷을 입기도 하고 원래는 짙은 자주색에 가까웠던 헌팅캡이 회색빛으로 변색될 때까지 쓰고 다니기도 했다. 그런 모습을 볼 때마다 우리는 질색을 하면서 어디 가서 가족 망신을 시키려고 그런 옷을 입고 나가냐며 아버지를 뜯어말렸다. 하지만 아버지는 만날 듣는 교통 혼잡 뉴스를 들은 사람처럼 무표정하게 좋은데 뭘? 티도 안 나고 멀쩡한데, 난 이런 거 신경 안 써, 하면서 신발을 신고는 휑하니 나가곤 했다. 누나와 내가 취직을 한 후에 우리는 생일, 결혼기념일, 추석, 크리스마스 등 어떤 핑계를 대서라도 아버지에게 옷이며, 모자며, 신발이며, 가방 등을 사다 바쳤다. 처음에는 아버지를 백화점에 데리고 가서 사려고 했지만 아버지는 옷을 입고 벗고 하는 일을 몹시 피곤해했고 입어본 옷을 가격까지 다 물어보고도 사지 않는 경우가 많았다. 하긴 가족끼리 쇼핑을 하러 가도 아버지는 함께 돌아다니기보다는 에스컬레이터 한편에 마련된 소파에 앉아서 사람들 구경만 하곤 했으니 애초에 아버지에게 쇼핑을 시키는 것 자체가 불가능한 일이었을지도 모르겠다. 결국에 우리는 아버지의 맞춤 쇼핑 도우미가 되어서 아버지의 물품 중에 허름해지는 낌새가 있는 물건이 있으면 아버지 대신 쇼핑을 했다. 우리가 새 옷을 사가지고 집으로 돌아와서 아버지에게 입어보라고 닦달을 하면 아버지는 마지못해 안방에서 옷을 갈아입고 나오곤 했다. 우리가 아버지를 보면서 어깨가 좀 넓네, 색이 좀 어둡네, 하고 품평을 해도 아버지는 마치 우리 이야기를 못 들은 사람처럼 무표정한 얼굴로 좋네 한마디 하고는 다시 방에 들어가서 옷을 갈아입고 나왔다. 게다가 우리가 사준 새 옷을 입는 것은 우리가 옷을 사다 주고 나서도 한참이 지난 후였다. 아버지는 입던 옷이 다 떨어져서 도저히 입을 수 없는 상태가 되기 전까지는 새 옷을 꺼내지 않았던 것이다.

아버지가 시간을 들여 옷을 고르면서 재미를 느꼈다는 것은 나에게 새로운 생각할 거리를 던져주었다. 아버지에게 새 옷을 산다는 것은 단지 실용적인 의미 외에는 다른 어떤 의미도 가지지 않았던 것일까 아니면 스스로에게 허락하지 않은 자유였던 것일까? 하지만 나는 또다시 생각할 시간을 미뤄두었다.

이 즈음 나의 근무 시간은 9시를 넘어서 점점 늦어지고 있었다. 나의 근무시간을 늘리는 또 다른 복병은 바로 컨퍼런스 콜이었다. 나는 영어에 크게 자신이 없었기 때문에 되도록이면 이메일 미,라는 문장을 관용어처럼 구사했다. 그러면 대부분의 전화 통화를 피할 수 있었고 메일로 모든 업무를 해결할 수 있었다. 하지만 외국회사와 관계가 긴밀해지면서 내가 아무리 미루려고 해도 미룰 수 없는 긴급한 컨퍼런스 콜이 자주 발생하기 시작했다. 그들에게 기술적인 문제가 생겨서 제품 출시 시점을 미뤄야 하거나 예상보다 원가가 오르거나 하는 일들이었다. 또 하필이면 이 회사는 본사가 미국 서부에 있는 회사였다. 한국시간으로 아침 10시면 그들은 퇴근했고, 그들이 다시 출근할 때까지 기다리려면 새벽 1시는 되어야 했다. 우리 쪽에서는 만약 아침에 출근해서 문제 발생 메일을 받게 되면 그 날 하루 종일 자료를 뒤지고 전전긍긍 플랜 A, B, C를 마련해서 새벽 1시까지 기다렸다가 컨퍼런스 콜을 해야만 했다. 우리 부장 성미에 다음날 아침까지 기다린다는 것은 시간을 낭비하는 일이었다. 새벽 1시에 컨퍼런스 콜을 시작해서 2시까지 이야기를 하고 회의 내용을 정리하고 집에 들어가면 새벽 3시였다. 그러면 잠깐 눈을 붙이고 다시 일어나서 출근을 했다. 이런 일정이 자주 반복되면서 우리 팀에서는 근무시간의 개념이 흐려지기 시작했다. 한두 번도 아니고 새벽에 퇴근해서 남들과 똑같이 8시 반까지 출근하는 것은 체력적으로나 정신적으로 쉬운 일이 아니었다. 팀원들의 출근시간이 조금씩 조금씩 늦어지고 있었다. 하지만 관리자의 눈에는 이것 또한 곱게 비칠리 없었다. 우리 부장은 최소한 출근시간은 지켜야 한다고 엄포를 놓았다. 그래서 우리는 출근시간은 지키는 대신 낮 시간에 슬금슬금 자리를 비우기 시작했다. 비효율과 비능률, 악순환의 뫼비우스의 띠가 시작되었고 우리 팀원들의 피지컬과 멘탈이 동시다발적으로 붕괴되기 시작했다.

여섯 번째 편지

카즈가 나에게 입단을 축하한다면서 셔츠를 하나 주었는데 가슴에 '내추럴 서프'라는 이름이 크게 박힌 노란색 티셔츠였다.

NATURAL SURF

은주와 동현이에게.

처음 서핑을 한 다음 날부터 새로 산 옷을 입고 서핑을 배우러 나갔다. 아침에 카즈가 내 몸을 걱정하면서 나가도 괜찮겠냐고 물었지만 운동이란 게 감이 올 때까지 쭉 해줘야 금방 느는 것 아니겠니. 어제 처음 패들링을 해봐서 어깨와 팔이 욱신욱신하기는 했지만 내가 오 육 년 검도를 꾸준히 해서 그런지 카즈가 걱정해 주었던 것만큼 아프지는 않았다. 전 날에는 집 앞에서 멀지 않은 곳에서 수업을 했는데 그날은 차를 타고 남쪽으로 좀 내려가는 것 같았다. 거기도 아는 사람이 있기는 마찬가지 더구나.

카즈가 오늘은 패들링을 몸에 익혀보자고 했다. 그러고는 서프보드를 경쾌하게 물 위에 휙 띄워 올리면서 그 위에 엎드려 올라타더니 저 멀리 파도가 치는 곳을 가리키면서 저기까지 나가야 된다고 하더구나. 내가 저기까지 무슨 수로 나가냐고 반문했더니 카즈가 씩 웃으면서 말했지. 패들! 패들! 그가 먼저 시범을 보이며 손으로 패들링을 해서 앞서가기 시작했다. 나는 그 뒤를 따라가려고 했지만 카즈만큼 속도가 나지 않았다. 그는 팔을 슬슬 젓는 것 같았는데도 나보다 훨씬 빨랐지. 약이 좀 올랐지만 어쩔 수 없는 일 아니겠니. 내가 나이가 있으니. 그가 나에게 맞춰

속도를 줄이면서 내 옆에서 계속해서 요령을 알려주었지. 상체를 살짝 들어주면 패들링이 더 잘 된다고 알려주었는데 내가 이미 등이 좀 굽어서인지 상체를 드는 것 자체가 쉽지 않았다. 상체가 잘 들리지 않으니까 고개만이라도 바짝 들고 패들링을 했는데 내 옆으로 비키니 입은 여자가 등을 활처럼 세우고 팔을 휙휙 저어서 나를 앞질러 가면서 치바리요(힘내요), 하는데 그 유연한 척추가 참 부러웠다. 이래서 운동은 어렸을 때 해야 한다고들 하는 거겠지. 여러 사람이 파도를 타고 내 쪽으로 왔다가 다시 파도가 시작되는 라인을 향해 돌아가면서 나를 지나쳐갔고 나에게 간바테(파이팅), 혹은 치바리요, 하고 한마디씩 건네고 지나갔다. 어쨌든 내가 느끼기에는 첫날보다는 한결 느낌이 괜찮았다. 첫날에는 패들링을 할 때 허공에 손질을 하는 느낌이었는데 오늘은 손과 팔에 뭔가가 느껴지면서 어깨에 힘이 걸리는 느낌이 들었거든. 어깨에 걸리는 묵직한 느낌만큼 서프보드가 스르륵 앞으로 밀려가는 것이 느껴졌다. 그렇게 잔잔한 바다 표면을 한 오십 미터쯤 헤엄쳐 갔을까 거기서부터는 싱싱한 파도가 머리를 바짝 세우고 거품 언덕을 일으키며 밀려오고 있었다.

거기서부터 다시 시작이었지. 아직도 목적지까지 오십 미터 정도는 남은 것 같았다. 아무리 패들링을 해도 파도는 나를 다시 해변으로 밀어냈지. 그냥 뒤로 밀리면 다행이지. 키가 조금만 높은 파도를 만나면 누가 물 밑에서 서프보드 앞부분을 손으로 밀어올린 것처럼 벌렁 뒤집어져서 물을 먹어야 했다. 그런데 신기했던 건 물이 우리나라 동해처럼 짜지 않더구나. 우리나라에서 수영하다가 물을 먹으면 짜다 못해서 목구멍까지 메케해지면서 헛구역질이 나올 정도로 짠 기운이 밀려들어오는데 여기는 입안에서만 밋밋한 짠맛이 좀 날뿐 견딜 만했다. 여하튼 밀려가면 또다시 패들링을 하고 밀려가면 또다시 패들링을 하는데 가도 가도 제자리인 것 같아 주위를 둘러봐도 이게 얼마나 전진한 것인지 밀려난 것인지 알 수가 없었다. 바다는 땅과 달라서 표식으로 삼을 만한 것이 없으니 알 길이 없었지. 아무리 둘러봐야 파란 세척액을 탄 변기 물에 소변을 본 것 같은 초록색의 바다뿐이었다. 지긋지긋했지. 각주구검이라더니 그것은 그가 어리석었기 때문이 아니라 절박했기 때문일지도 모르겠다는 생각이 들었다. 내가 그런 심정이었거든. 저기서 내 키의 반만 한 파도만 일어서서 밀려와도 바다 한가운데서 집채만 한 격랑을 만난 난파선의 선원 마냥 두려운 마음이 덜컥 들었다. 카즈가 멀리서 뭐라고 하긴 하는데 경황이 없기도 하고 귀가 잘 안 들리니 무슨 소리인지 모르겠더구나. 게다가 그건 일본어 아니면 영어였으니까 더욱 그랬겠지. 몇 번 뒤집히고 나니 힘이 빠져서 다시 서프보드 위로 기어오르는 것도 여간 힘들지 않았다. 나중에는 카즈가 두 손으로 서프보드 앞을 잡고 몸을 살짝 일으켜서 파도를 넘거나 물속으로 잠수해서 파도를 피하는 방법을 알려주긴 했지만 그래도 목적지까지 가는 것은 쉬운 일이 아니었지. 목적지에 다다랐을 때는 어깨고 팔이고 온몸에 힘이 빠져서 움직일 수가 없었다. 검도에서 머리치기 연습을 일만 번 정도 한 것처럼 팔에 힘이 하나도 없었다. 한동안 그냥 서프보드에 엎어져 있었지. 그래도 그곳은 파도가 일어나기 시작하는 곳이어서 오는 길보다 요동이 훨씬 덜 했기 때문에 가능한 일이었다. 카즈가 옆에서 잘했다고 격려를 해주기는 했지만 그런 격려가 어깨에 힘을 불어넣어 줄 것 같지는 않았다. 카즈, 이 사기꾼 같은 녀석! 서핑은 즐거운 것이라고 하더니 이렇게 힘든 과정이 숨어있다는 이야기는 쏙 빼놓았던 거지.

얼마간 쉬고 나니 조금 힘이 나더구나. 어쨌든 이렇게 힘들게 여기까지 왔으니 파도를 한 번 타봐야겠지. 카즈가 먼저 시범을 보여주겠다며 나섰다. 그는 담장 위에 걸터앉아 망을 보는 사람처럼 한참을 서프보드 위에 걸터앉아서 파도가 오는 것을 지켜보았다. 그리고 적당한 파도를 보자 곧바로 서프보드의 머리를 해변 쪽으로 돌리더니 엎드렸다. 바다 괴물이 정체를 드러내듯 파도가 그의 뒤에서 스윽 일어나며 다가오자 그가 힘차게 패들링을 하기 시작했고 곧 날아가는 독수리 머리 위에 얹힌 나뭇가지처럼 그의 서프보드가 파도의 머리 위에 실렸다. 서프보드가 파도에 실림과 동시에 그는 서프보드를 잡고 벌떡 일어났고 곧 하얀 맥주 거품 같은 물거품 위에 올라탄 그가 서프보드를 이리저리 움직이면서 저 멀리 해변까지 날아갔지. 그 일련의 과정은 너무나 자연스럽고 빠르게 이루어져서 무척 쉬워 보였다. 내가 조금 더 예리한 사람이었다면 그가 아주 쉽게 다시 내가 있는 곳까지 오는 것을 보면서 파도를 타는 그 일련의 과정 또한 여기까지 패들링 해 오는 것만큼이나 쉽지 않은 과정이라는 것을 깨달았겠지. 하지만 세상에는 시간이 지난 다음에야 깨닫게 되고, 또 시간이 지난 다음에 깨닫는 것이 더 유익한 일들이 많지. 이 또한 그중의 하나였다고 생각한다. 그렇지 않았다면 나는 도전조차 해보려고 하지 않았을 테니까.

카즈가 이제 내 차례라며 해보라고 하는데 나에게는 시작부터 도움이 필요했다. 내가 아무리 살펴보아도 어떤 것이 탈 수 있는 파도고 어떤 것이 탈 수 없는 파도인지 알 방법이 없었기 때문이지. 그것은 물론 카즈의 몫이었다.

그는 나를 위해 파도를 골라주었고 언제 패들링을 시작하라고 알려주었다. 그가 알려준 가장 쉬운 방법은 이곳에서는 큰 파도가 연속으로 두 번 오는 경우가 많으므로 큰 파도가 한 번 지나가면 그때 다음 파도를 탈 준비를 하라는 것이었다. 이 충고는 실제로 꽤 유용했다. 문제는 그것 외에도 챙겨야 할 것이 많았다는 거지. 방향도 잡아야 했고 타이밍도 잡아야 했고 패들의 힘도 중요했거든. 나는 마음을 비우고 마치 활주로에서 출발 신호를 기다리는 항공기처럼 그저 해변을 향한 채로 서프보드 위에 엎드려서 카즈의 지시만을 기다렸지. 하지만 그가 그렇게 도와주어도 파도를 타는 것은 쉬운 일이 아니었다. 이상하게 카즈가 보여주었던 것과는 달리 파도는 나를 넘어 슥 지나쳐갔고, 나를 앞으로 메다꽂았고, 서프보드를 옆으로 돌려 휙 뒤집어 버렸다. 어떤 때는 발을 서프보드 중앙으로 움직여보지도 못했고, 어떤 때는 몸을 일으키려 하다가 앞으로 고꾸라졌고, 어떤 때는 몸을 일으킨 후에 뒤로 넘어갔다. 내가 파도를 타지 못하고 물에 빠질 때마다 근처에 있던 다른 사람들이 이번에는 몸이 중앙에서 뒤로 치우쳐 있었다느니, 젓는 힘이 모자랐으니 다음번에는 지금보다 패들링을 두 번 만 더 하고 서 보라느니, 보드 방향이 틀어졌다느니 하면서 한마디씩 거들었다. 강사가 많으니 좋다고 해야 할지, 사공이 많으니 어찌해야 할지를 모르겠다고 해야 할지 생각할 정신도 사실 없었다. 내가 물에 빠질 때마다 머릿속에 떠올랐던 생각은 왜 파도를 타지 못했을까, 어떻게 하면 다음번에 파도를 탈 수 있을까 하는 생각이 아니라 저 출발점까지 어느 세월에 또 헤엄쳐가나 하는 것뿐이었다. 카즈가 알려준 대로 큰 파도가 두 번 오는 경우가 많았기 때문에 첫 번째 파도를 타다가 물에 빠지면 겨우 물 밖으로 고개를 내민 나에게 곧바로 다음 파도가 덮쳐오곤 했다. 덕분에 오키나와 바닷물은 원 없이 마셔본 것 같구나.

서프보드에서 일어서는 것은 마치 물 위를 걷는 것만큼이나 어렵게 느껴졌다. 왼발을 중앙으로 옮기는 순간 마치 물렁물렁한 공을 밟은 것처럼 서프보드가 흔들려 허벅지에 엄청난 힘이 들어갔다. 나로서는 그만한 힘을 버텨낼 허벅지를 가지고 있지 않았을 뿐 아니라 내 나이에는 누구라도 그만한 힘을 버텨내기는 어려울 것 같았다. 내가 파도를 타지 못하는 많은 이유가 있었겠지만 카즈는 그것이 내 나이 때문이라고는 전혀 생각하지 않는 듯했다. 그는 왜 안 되는지에 대해서 크게 생각하지 말고 일단 한 번만 파도를 타서 그 느낌을 알게 되면 금방 익숙해질 수 있다며 나를 위로했다. 하지만 시간이 지날수록 힘이 빠졌고 의욕이 감소했고 의기소침해졌다. 카즈도 나를 보고 더 이상은 무리라고 판단했는지 마지막으로 한 번 만 더 해보고 돌아가자고 했지. 그래서인지 그는 더욱 신중하게 파도를 고르는 것 같더구나. 잔잔한 파도가 몇 개 지나가고 큰 파도가 막 지나가자 그가 준비하라며 나에게 신호를 보냈다. 돌아보니 뒤에서 방금 지나갔던 것과 비슷한 큰 파도의 아우라를 지닌 물의 언덕이 나를 향해 다가오고 있었다. 그가 내 서프보드의 방향을 잡아 주었고 조금 더 앞으로 가라며 내가 엎드려 있는 위치를 조정해 주었다. 파도가 바로 뒤까지 다가오자 그가 패들! 패들! 하고 외치며 서프보드 뒷부분을 잡아서 힘껏 밀어주었다. 그러자 이번에는 신기하게도 지난번과는 전혀 다른 느낌이 들었다. 무언가가 물속에서 서프보드를 쑥 들어 올리는 느낌이 들더니 지하철에서 일반 도로를 걷다가 무빙워크 위로 올라선 듯 시원한 속도감이 느껴졌다. 그 속도감이 생김과 동시에 서프보드의 앞뒤에서 누군가가 서프보드를 잡아주고 있는 듯 팽팽한 안정감이 생겨 발을 디디고 일어나기가 훨씬 수월해졌다. 허벅지에 그렇게 큰 힘을 주지 않아도 됐지. 나는 그저 평지에서 기마자세를 하는 정도의 힘만으로도 서프보드 위에 설 수 있었다. 그 느낌은 뭐랄까? 경험해 본 적이 없기 때문에 설명하기 몹시 어려운 느낌인데 고급스러운 느낌이었다. 누군가가 나를 받들어주고 있다는 느낌이 들었고 물컹물컹하지만 짜부라지지 않는 탱탱한 젤리 위를 미끄러지고 있는 것 같았다. 그렇게 파도에 밀려가면서 상쾌하게 얼굴에 와닿는 바람의 감촉이 마음에 들었다. 얼굴이 간질거리기도 하면서 쾌적했지. 얼핏 무엇인가를 정복한 쾌감이 들기도 했는데 그것이 파도의 머리 위에 타고 있었기 때문에 바다를 정복한 느낌이 들었기 때문인지 아니면 내가 그전에 파도를 타려고 고생을 하도 많이 했기 때문에 이 정도 노력이면 세계 정복도 할 수 있겠다는 생각이 들었기 때문인지는 모르겠다. 여하튼 파도에 타고 있는 동안은 기분이 좋았으므로 그런 것을 따질 필요는 없었다. 나는 그 파도를 마지막까지 즐기고 물속으로 떨어지고 난 후에 마치 초등학교 달리기 대회에서 일등으로 결승선을 통과하고는 부모님을 바라보는 아이와 같은 마음이 되어서 뒤를 돌아 카즈를 바라보았다. 그때 본능적으로 내 얼굴에는 희열에 들뜬 표정이 떠올랐고 입에서는 환호성이 터져 나왔다. 왜 그동안 서핑 수업을 받았던 다른 친구들이 처음 파도를 타고난 다음에 그렇게 생난리들을 처댔는지 완벽하게 이해할 수 있었지. 카즈가 저 멀리서 엄지손가락을 치켜세워주며 와우~! 멋졌어요~! 하고 소리 질러주었는데 카즈뿐만 아니라 내가 파도를 타지 못하고 물에 빠질 때마다 한마디씩 거들던 다른 친구들도 서프보드에 걸터앉아서 나를 향해 소리를 질러 주거나 엄지손가락을 치켜세워주거나 주먹을 흔들어주었다. 나는 마치 요즘 한국에서 많이 하는 오디션 프로그램에서 미션에 통과하고 살아남은 도전자가 된 느낌이었다. 아주 짜릿했고 보람이 있었지.

서핑을 마치고 나와서 서프보드를 모래사장에 박아두고 카즈와 함께 마무리 체조를 하고 기운을 차리려고 모래사장에 대자로 누워 쉬고 있었다. 조금 누워있으니 솥뚜껑처럼 은근하게 달궈진 모래사장에서 훈훈한 기운이 올라와서 시원하게 몸을 지지기에 좋았다. 나는 카즈에게 모래로 좀 묻어달라고 하려다가 그것보다는 집에 빨리 들어가서 쉬는 게 나을 것 같아서 가만히 있었지. 비슷한 시간에 서핑을 마친 다른 서퍼들이 하나 둘 바다에서 나오기 시작했다. 그 사람들은 나와서 카즈와 이야기를 나누기도 하고, 나를 지나쳐가기도 했는데 그중 한 사람이 오늘 멋졌어요, 시루바사파, 하고 말을 건네더구나. 나는 살짝 일어나서 고맙다고 대답하고 다시 드러누운 채로 시루바사파가 무슨 뜻일까 잠시 생각하고 있었는데 다음 사람이 외국인이었는지 지나가면서 축하해요, 실버서퍼,라고 해서 그것이 무슨 뜻인지 알아챘다. 자기들끼리 서핑하면서 내 이야기를 했는지 다음 사람도, 또 다음 사람도 나를 실버서퍼라고 불렀다. 말을 건네면서 주먹을 쥔 손에서 엄지손가락과 새끼손가락만 펼친 채로 주먹을 딸랑이 흔들듯 딸랑딸랑 흔들어 보이는 친구도 있었다. 내가 눈이 잘 안 보이기도 하고 그게 무슨 의미인지도 몰라서 카즈를 바라보았더니 샤카 사인이라고 알려주더구나. 서퍼들끼리 환대한다는 의미로 하는 손동작이었다. 카즈가 나에게 오~ 리상, 실버서퍼, 벌써 별명이 생기다니 좋은 출발이네요, 하고 샤카 사인을 만들어 보여주었다.

그날 저녁에는 카즈가 나의 첫 서핑을 축하해 준다는 핑계로 친구들을 불러서 집 앞 해변에서 조그만 파티를 열었다. 파티라고 해봐야 카즈가 소속되어 있는 팀 '내추럴 서프' 멤버 몇 명과 옆집에 사시는 90대 부부, 쿄헤이와 켄지의 친구들 가족을 부른 것이었지. 해변에 작은 그늘막을 치고 플라스틱 테이블을 가져다 놓고 의자 몇 개와 불판을 가져다 놓았더구나. 고기를 굽고 맥주를 마시며 함께 어울렸지. 오키나와에서는 아구라는 토종 흑돼지가 유명하다고 했는데 이런 깨끗한 환경에서 스트레스 없이 자라서 그런지 지방이 골고루 퍼져있고 고기가 부들부들한 게 맛있었다. 역시 내 입맛에는 소고기보다는 돼지고기가 맞는 것 같다. 거기에 야외에서 마시는 맥주 한 잔 함께 하니 천국이 따로 있는 것이 아니라는 생각이 절로 들었다.

카즈가 옆집 노부부를 소개해 주었다. 할아버지는 다카하시상이고 할머니는 미도리상인데 두 분 모두 90대임에도 불구하고 사탕수수 농장에서 일도 하시고 듣고 말씀하시는 것 모두 정정하셨다. 다카하시상은 눈꺼풀이 많이 쳐져 있어서 거의 항상 눈을 감고 계신 것처럼 보였고 말씀이 많이 없으신 분이었다. 미도리상은 그 연세에도 불구하고 얼굴이 고우신 편이어서 젊었을 적에는 한 미모 하셨었겠다는 생각이 들었다. 나는 알면서도 말을 트기 위해서 미도리상에게 연세를 물었는데, 내 나이가 호적에는 92세로 되어 있는데 그게 내가 거의 걷기 시작할 무렵에 올린 거라서 아마 그거보다는 좀 더 됐을 거야. 예전에는 다 그랬잖아. 태어난다고 다 사는 게 아니었지. 한참 두고 보다가 이 녀석 좀 살겠다 싶어야 호적에 올려줬지. 그래도 내가 걷기는 좀 일찍 시작한 편이어서 어머니가 나는 좀 강하게 살겠구나 생각하셨던 모양이지. 오빠에 비해서는 내가 금방 호적에 올라간 편이었거든. 어머니가 잘 보긴 잘 보신 게야. 지금까지 살아있는 걸 보면 말이지. 호호호. 근데 이게 아무리 그래도 나이가 많이 들면 몸이 하나씩 고장이 나는 거라. 내가 지금 상수도는 이렇게 멀쩡해도 하수도는 고장 난지 오래야. 호호호호, 하면서 계속 말씀을

이어가셨다. 할아버지의 몫까지 모두 말하고야 말겠다고 결심이라도 한 듯했지. 아마 켄지가 와서 이야기가 끊어지지 않았으면 본인의 인생 이야기를 다 하셨을 지도 모르겠다. 단 한 가지 질문으로 말이지. 요즘에는 엘리베이터 대화법이라느니 1분 대화법이라느니 모두들 짧게 말하기에 혈안이 되어 있는데 정반대이신 분을 보니까 왠지 웃음이 났다. 켄지가 고구마를 호호 불면서 나랑 다카하시상을 번갈아 쳐다보더니 나를 가리키면서 할아버지가 더 나이가 많은 거예요? 하고 묻더구나. 내가 아니 다카하시상이 내 아버지 나이시란다, 했더니 켄지가 우와~ 그럼 아빠 할아버지네 하고 놀라더니 근데 왜 리상 할아버지가 머리가 더 하얘요? 하고 물었다. 켄지만 빼고 다들 웃었지. 내 머리가 좀 많이 흰 편이긴 하잖니. 흰머리가 나기 시작한 것이 삼십 대 중반부터였으니까 이제는 이 머리색도 거진 반평생이 되었구나. 머리색 때문에 늙어 보인다며 너희 엄마가 항상 염색을 해주곤 했었지. 엄마가 그렇게 된 후로는 염색도 그만두었지만. 동현이도 나처럼 흰머리가 빨리 날까 봐 엄마가 걱정을 많이 했었다. 아직까지는 그런 기미가 없어 보여 다행이다.

우리는 도로 쪽에 가까운 모래사장에 자리하고 있었는데 어디서 차르르륵 하는 요란한 소리가 났다. 카즈가 고기를 뒤집으면서 씩 웃더니 흠, 저기 우리 팀원이 오는 모양이네, 했다. 내가 고개를 돌려 소리가 나는 방향을 쳐다보니 누군가가 등에 작은 기타 케이스 같은 것을 메고 스케이트보드를 타고 몸을 잔뜩 낮춘 채로 몹시 빠르게 다가오고 있었다. 저런 식으로 스케이트보드를 타면서도 아직 살아있는 걸 보면 나이가 많지 않겠다는 생각이 들었지. 남은 생도 많지 않을 것 같다는 생각과 함께. 그는 우리에게 다가올수록 속도를 줄이더니 아주 능숙한 연결동작으로 리듬감 있게 발을 놀려서 스케이트보드를 튕겨 올렸다. 그러고는 손으로 스케이트보드를 낚아채고 우리 쪽으로 걸어왔다. 카즈가 어이 요시키 왔어? 밴드는 잘 돼? 하고 인사를 건넸다. 멀리서 볼 때는 말라 보였는데 가까이서 보니 마른 편이기는 해도 몸이 단단해 보였다. 그는 오자마자 카즈에게 여~ 카즈~ 맥주는 오리온이겠지? 하고 묻더니 카즈가 던져주는 맥주 캔을 따서 벌컥벌컥 마셨다. 그러고는 히야~ 역시 맥주는 오리온이야, 하더니 캔을 한 손으로 찌그러뜨리고는 쓰레기통으로 쓰고 있는 빈 박스를 향해 휙 던져 넣었다. 그러더니 쿄헤이를 보고는 어이~ 쿄헤이, 이제 고추에 털 좀 났어? 여자 친구 필요하면 형한테 얘기해, 형이 클럽에서 끝내주는 외국 언니들 소개해 줄 테니까. 하하하, 하고 쿄헤이의 머리를 헝

클어뜨렸다. 쿄헤이는 익숙하다는 듯이 한숨을 푹 쉬더니 켄지를 데리고 머시멜로우를 구워 먹으러 자리를 옮겼다. 아마도 쿄헤이와 켄지에게 히피니 간지니 하는 말을 알려 준 건 저 요시키라는 녀석이 틀림없을 거라는 확신이 들었지. 생긴 것도 불량하게 생겨서 하는 짓이 딱 그렇지 뭐냐.

곧이어 덩치가 큰 외국인 하나가 나타났다. 그는 마치 스텔스기처럼 가까이 올 때까지는 보이지 않다가 바로 눈앞에서 짠하고 나타난 것 같은 느낌이었다. 밤이었던 데다가 그가 흑인이었기 때문이지. 아프리카 흑인처럼 새까만 친구는 아니었지만 체중이 100kg은 거뜬히 나갈 것 같았다.

카즈가 아까 온 요시키라는 친구와 제퍼슨이라는 이 흑인이 자신의 서핑팀인 '내추럴 서프'의 팀원들이라며 나에게 소개해 주었다. 요시키는 '드래곤후루츠'라는 밴드에서 드럼을 치고 카데나 미군 기지 근처의 라이브 바 같은 곳에서 공연을 한다고 했다. 제퍼슨은 이에섬 해변에서 핫도그를 팔고 미군 부대에 소시지를 납품하기도 하고 돈 되는 일이라면 가리지 않고 한다고 했다. 제퍼슨이 이야기할 때는 흑인 특유의 불량함이라고 할까 리듬감이라고 할까 그런 것이 몸에 배어 있어서 대화하는 내내 좀 거슬리기도 하고 노래를 듣는 것 같기도 했지만 나쁜 사람

같지는 않았다. 그 친구들도 나 같이 머리가 하얀 한국 사람이 이제야 서핑을 시작했다고 하니 신기해하는 것 같았다. 그때 제퍼슨이 나에게 나이를 물어봤었는데 요시키가 잠깐만요, 하고는 나의 대답을 막더니 제퍼슨에게 나이를 더 근접하게 맞추는 사람이 맥주 한 잔 얻어먹자며 내기를 제안했다. 내 생각에는 당연히 요시키가 동양인을 더 많이 봤을 테니 요시키가 더 유리할 거라고 생각했는데 내 머리가 원체 하얗다 보니 요시키도 알 수가 없었는지 내기는 제퍼슨의 승리로 돌아갔다. 그러자 제퍼슨이 성대에 살찐 목소리로 웃으면서 나에게 하이파이브를 청했다. 손을 들어 올리니까 패들링을 열심히 했던 어깨가 아파졌는데 살짝 들어 올린 내 손을 그가 사정없이 후려치더구나. 손도 어찌나 크고 두꺼운지. 내가 아픈 손을 흔들고 있으니 미안하다며 나를 빈 나무둥치 들어 올리듯 번쩍 들어 올리는데 정신이 번쩍 들었다. 정신이 번쩍 든 건 사실 그 친구의 암내 때문이었지. 여기가 좀 더운 편이기도 하지만 그 거대한 몸에서 나오는 육수가 어디 일이 리터겠니? 겨드랑이가 벌써 축축하게 젖어있어서 비릿한 암내가 훅 밀려 올라오는데 내 팔꿈치에 닿은 그의 겨드랑이에서 그 비릿한 축축함이 더욱 생생하게 느껴지다 보니 나는 빨리 내려오고 싶은 마음뿐이었다.

그래서 나는 얼른 요시키에게 뭐 하고 지내냐고 물으며 몸을 돌렸지. 들어보니 오키나와 출신 음악가들이 많다고 하더구나. 그 일본에서 제일 유명하다는 아무로 나미엔지 나무로 아미엔지 하는 야시시한 여자가수도 오키나와 출신이고 맥시멈이라든가 스피드라든가 하는 밴드도 오키나와 출신이 섞여 있다고 하던데 혹시 너희도 들어봤는지 모르겠다. 요시키 이 친구는 록 밴드를 하는 것치고는 머리색이 빨간 것 빼고는 별로 요란한 장신구나 가죽 옷 같은 것을 입고 있지 않아서 다행이었다. 그런 건 질색이거든. 이 친구는 드럼을 주로 치기는 하지만 다른 악기도 다룰 줄 아는 친구여서 이런저런 음악을 연주해 주기도 했다. 등에 메고 온 것은 산신이라는 오키나와 전통 악기였는데 비단뱀 가죽으로 만든 3줄짜리 기타였다.

요시키는 자신의 음악에 오키나와 전통 음악을 접목하기 위해서 다카하시상에게 산신을 배우고 있는 중이라고 했다. 산신을 잡은 김에 요시키의 요청으로 다카하시상이 산신을 연주하고 미도리상이 노래를 불렀다. 우리가 게으름을 부릴 때 띵가띵가 논다고 하는데 산신의 소리가 딱 그런 소리였다. 띵가띵가 하는 소리를 내서 무척 구수하고 친근하게 느껴졌다. 옛날 한량들이 좋아했을 법한 악기지. 미도리상의 음색 또한 아주 고왔다. 너희가 들었다고 해도 도저히 구십 대 할머니의 목소리라고는 생각할 수 없었을 거다. 노래는 트로트와 비슷하기도 하고 일본 전통 음악인 엔카와 비슷하기도 했지만 조금 더 민요스러워서 어디서도 들어본 적이 없는 소리였다. 내가 미도리상에게 예전에 노래를 하셨었는지 여쭤보니, 내가 아주 젊었을 때 다카하시상과 함께 음반을 제작한 적이 있었지. 그때는 그냥 시골 공터 같은 곳에서 녹음을 했어. 녹음실이 따로 없었거든. 시골 장터에 장이 끝나면 기다렸다가 새벽 시간에 맞춰서 악기랑 녹음기를 설치했지. 그때는 거리에서 녹음을 했으니까 최대한 다른 잡음이 없는 시간에 맞춰야 했던 거야. 개라도 짖으면 처음부터 다시 시작해야 했어. 호호호호. 그때는 가사를 정확하게 외우고 발음하는 게 중요했어. 녹음을 할 수 있는 시간이 길지 않았으니까 노래를 한 번에 실수 없이 끝내는 게 실력이었거든, 하고 또 끝없이 말이 이어졌다. 요시키가 미도리상에게 '담장 위의 시사'라는 노래를 불러달라고 청하지 않았으면 날이 샜을지도 모르겠다.

미도리상이 노래를 부르는 동안 카즈가 제퍼슨과 요시키를 불러놓고 나에게 내추럴 서프 팀에 들어오는 게 어떠냐고 제안을 했다. 내가 나 같은 초보자가 무슨 팀에 들어가냐고 반문했더니 레벨에 상관없이 누구나 서핑을 즐기고 함께 타면 되는 거라고 하더구나. 나는 요시키와 제퍼슨과 함께 잘 지낼 수 있을까 잠시 고민하긴 했지만 계속해서 카즈만 바라보고 있을 수도 없는 노릇이라서 인맥을 넓힐 필요가 있겠다고 생각했지. 다행히 제퍼슨과 요시키는 나에 대해서 거부감이 없는 것 같았다. 덕분에 다음부터는 함께 서핑을 할 친구들도 생겼다. 카즈가 나에게 입단을 축하한다면서 셔츠를 하나 주었는데 가슴에 '내추럴 서프'라는 이름이 크게 박힌 노란색 티셔츠였다. 그 티셔츠를 받으니 앞으로 서핑을 꽤 오랫동안 계속할 수 있겠다는 생각이 들었다. 어딘가에 소속되었다는 느낌은 회사를 은퇴한 이후로 참 오랜만이었다. 오랜만에 느껴보는 소속감이었지. 파티가 끝나고 집으로 돌아와서 이불에 누우니 바다 위로 부욱~ 떠오르던 느낌이 자꾸 생각나서 이불 속에 누운 채로 부쑥부쑥 웃음이 솟아올랐다. 너희들도 웃을 일이 많아졌으면 좋겠다. 또 편지하마.

2012. 2. 22

아빠가

2008년 5월 8일 어버이날은 내 인생에서 가장 후회스러운 날이다. 당시 어머니는 반년 넘게 암 투병 중이었다. 어머니의 몸이 많이 약해지기는 했지만 수술 후에는 위독한 상황에 빠진 적이 없었기 때문에 우리 가족은 언젠가는 어머니가 다시 좋아질 것이라는 희망을 가지고 있었다.

당시에 나는 영업직으로 일하고 있었기 때문에 월초에는 월말에 비해서 상대적으로 활용할 수 있는 시간이 더 많았다. 그래서 월초에는 근무시간 중에도 시간이 날 때마다 몰래 영업지역 근처에 있는 서점에 가서 시간을 보내곤 했다. 당시에는 책 읽기가 나의 유일한 낙이었다. 몰래 읽는 책은 고등학생 때 몰래 가는 술집만큼 짜릿했다. 차이점이 있다면 담배 냄새 걱정이 없다는 것. 그날은 서점에서 선채로 '즐거운 나의 집'을 반 이상 읽은 날이었다. 제목만 보고 유쾌한 이야기일 것이라는 생각으로 책을 펼쳤던 것이 실수였다. 책을 읽는 동안 가족이라는 존재와 각 구성원에 대한 복합적인 감정들 때문에 눈물이 흘러내리는 것을 막기 위해 몇 번이나 책에서 눈을 떼야 했는지 모른다. 눈물을 말리기 위해 고개를 젖히고 나서는 누군가 나를 이상한 눈으로 쳐다보고 있는 것은 아닌지 두리번거렸다. 마침내 내가 영업 나가있는 줄 알고 있는 과장님으로부터 복귀하라는 연락을 받고 나는 책을 구입해서 서점을 나왔다. 서점을 나서면서 오늘은 반드시 어머니와 아버지께 카네이션을 사드리면서 감사합니다. 그리고 사랑합니다,라는 말을 해야겠다고 결심했다.

사실 나는 말이 많거나 애교가 많은 아들이 아니었다. 퇴근하고 집에 들어가서도 필요한 말 외에는 하지 않았고 가족에게도 애정표현이 서툰 편이었다. 누나는 말이 많은 편이기는 하지만 애정표현에 서툰 것은 다를 바가 없었다. 이것은 물론 부모님의 영향이 컸을 것이다. 우리가 어린 시절부터 아버지는 지방에서 근무를 하고 있었으므로 아버지와 어머니가 애정표현을 하는 것을 볼 수 있는 기회가 거의 없었고 혹시 아버지가 주말에 돌아오셨다고 해도 두 분이 애정표현을 하는 것을 본 기억은 없었다. 그러므로 내가 이런 말을 하겠다고 결심한 것은 고3 수험생이 부모님께 대학교에 가지 않겠다는 말을 하겠다고 결심한 것만큼이나 큰 용기가 필요한 일이었다.

나는 집으로 돌아가는 길에 카네이션 바구니를 샀다. 약간 늦은 시간이었기 때문에 꽃집들이 문을 닫을 시간이었지만 마침 지하철역 입구에서 카네이션 바구니를 팔고 있는 사람이 있었다. 바구니를 들고 집으로 걸어가면서 나는 그 말을 어떻게 해야 최대한 자연스럽게 할 수 있을지 고민하기 시작했다. 카네이션 바구니를 들고 바로 안방으로 들어가서 안방 화장대 위에 카네이션을 놓으면 어머니가 카네이션 샀어? 하고 묻겠지. 그러면 응 여기 지하철 입구에서 아직도 팔더라, 하고 대답한 후에 바로 말하면 될까? 아니면 일단 안방에 들어가지 말고 바구니를 식탁에 놓아둔 다음에 어머니가 드라마 보러 나오는 시간에 맞춰서 거실로 나가서 카네이션 바구니를 안겨드리면서 말하면 될까? 차라리 짝사랑하던 여자에게 고백을 하는 게 더 쉽지 이건 상상만으로도 오글오글 오글이 저려서 상상하기도 어려웠다. 이런저런 고민 속에서 마음의 결정을 하지 못한 채 나는 마치 오디션 장의 문을 열고 들어서는 연기 지망생의 마음으로 현관문을 열었다. 현관문을 열자마자 집 안에 꽉 차있던 탁한 공기와 환자 냄새가 나를 덮쳤다. 나를 덮친 냄새와 함께 그전까지의 고민은 사라지고 나는 짜증을 덮어썼다.

"아빠, 환기 하나도 안 시켰지? 집이 왜 이래 냄새가! 아 진짜!" 나도 모르게 소리를 지르고 말았다. 아버지는 소파에서 몸을 일으키면서 어? 오늘 좀 쌀쌀한 것 같길래, 환기 좀 시킬까? 하더니 거실 문을 열면서 오늘은 일찍 왔네? 하고 한마디 덧붙였다.

집은 신비한 공간이다. 그곳은 세상에서 가장 편안한 공간이기도 하면서 동시에 가장 벗어나고 싶은 공간이다. 한 번도 그렇게 말하거나 느껴본 적은 없지만 본능적으로 내가 가장 아끼고 사랑하는 사람들이 함께 살아가는 공간인 동시에 나를 한없이 타락시키는 공간이기도 하다. 나는 집 밖에서는 유머러스한 친구이고, 자상한 선배이고, 부지런한 사원이었지만 이 모든 것은 사회가 나에게 씌운 가면이다. 집 안에만 들어서면 나는 가면을 벗고 세상에서 가장 무뚝뚝하고 사납고 게으른 내가 된다. 그래서 집은 가장 편하고 또 동시에 가장 불편하다. 가면을 내려놓고 숨을 쉴 수 있지만 가면을 내려놓은 내 모습을 마주하는 것은 힘든 일이므로. 하지만 나는 집에서는 가면을 벗는다.

9시가 넘은 시간을 일찍이라고 표현하는 것이 그때는 왜 또 그렇게 못마땅했을까?

"9시가 뭐가 일찍이야? 이게 일찍이야? 이게?" 나는 또 짜증을 내고 말았다. 그러고는 카네이션 바구니를 식탁 위에 툭 던져두고는 방으로 들어가 버렸다. 방문을 닫고 아… 이게 아닌데… 하고 생각했지만 이미 돌이킬 수 없었다. 옷을 갈아입고 거실로 나왔다. 머릿속이 복잡했다. 사태를 수습해 볼까 했지만 어떻게 이 분위기를 바꿔야 할지 알 수 없었다. 아버지와 나는 한동안 말없이 텔레비전만 보았다. 매일 앉던 익숙한 소파였지만 앉은 자리가 불편했다.

"카네이션은 어디서 샀냐?" 아버지가 불현듯 물었다.

"그냥 요 앞에서 샀어." 나는 관성 때문인지 습관 때문인지 또다시 짜증을 내고 말았다. 말하면서 아차 싶었지만 아버지가 말을 걸 것이라고 생각하지 않았으므로 준비가 되지 않은 탓이라고 스스로 변명했다.

"바구니가 예쁘네. 엄마가 좋아하겠다." 아버지는 다시 말을 걸었다.

나는 머릿속으로 그래 지금이야! 이 말을 잘 받으면 분위기를 풀 수 있겠어 하고 생각했다. 하지만 입으로는 응, 하는 한마디뿐이었다. 이번에도 말을 하고 나서 아... 이게 아닌데... 하고 어떻게든 다른 말을 꺼내보려 했지만 입술만 오물거리며 깨물었을 뿐 어떤 말도 나오지 않았다. 내가 그렇게 속으로만 안절부절 대며 입술을 한 움큼 뜯어먹는 사이에 드라마는 끝이 났고 아버지는 소파에서, 어머니는 방에서 잠이 들어버리셨다. 나는 그제야 식탁 위에 놓여있는 카네이션을 만지작거리며 생각했다. 영화나 책에서 어떤 일에 감동받은 주인공들이 180도 변해서 가족들에게 다르게 대하는 것은 영화나 책이기 때문에 가능한 일이라고. 현실에서 사람은 그렇게 갑자기 변할 수 있는 존재가 아니라고. 그러니까 조금씩 조금씩 변하는 쪽을 택하자고. 오늘이 아니더라도 9월에 어머니 생신도 있고 내년 1월에는 아버지 생신도 있으니까 기회는 많이 남아있다고.

하지만 그 후로 내가 부모님 모두에게 사랑합니다. 감사합니다, 하고 말할 기회는 없었다. 어머니는 암에 걸리기 전에도 여름을 나는 것을 힘들어하셨는데 그 해 여름에 갑자기 병세가 악화되더니 병원에서 어떻게 손쓸 새도 없이 돌아가시고 말았다. 그 해 어버이날이 내가 두 분 모두에게 사랑한다고, 감사하다고 말할 수 있었던 마지막 해였던 것이다.

내가 그것을 깨달은 것은 어머니가 돌아가신 다음 해 어버이날이었다. 2009년 5월 8일 어버이날 나는 그 작년과 같은 장소에서 카네이션을 샀다. 카네이션을 들고 집 앞 언덕을 오르면서 나는 그 사실을 깨달았다. 이제 더 이상 두 분 모두에게 그 말을 할 기회는 없다는 사실을. 문득 어머니가 돌아가셨다는 사실이 서러웠다. 나도 모르게 눈물 한 방울이 스윽 솟아오르더니 주룩 흘러내렸다. 그 한 방울을 시작으로 터진 울음은 멈출 줄 몰랐다. 나는 마음을 진정시키기 위해서 아파트 뒤편에 있는 공원을 한참 동안 걸었다. 밤공기가 서늘했다. 그리고 들어간 집에서는 아버지 혼자 소파에 앉아 텔레비전을 보고 있었다. 그 장면이 기억난다. 그때의 아버지는 왠지 쓸쓸해 보이기도 했고, 왠지 태평해 보이기도 했다. 나는 슬프기도 했고 화가 나기도 했다. 나는 결국 그 해에도 아버지에게 그 말을 하지 못했다. 집에만 들어가면 나는 또 가면을 내려놓고 사납고 버릇없고 만사가 귀찮은 나로 돌아가기 때문에. 그렇게 한 해 한 해 나는 또 미루고 있다. 또 후회할지도 모른다. 하지만 나는 안다. 집에서는 도저히 그 말을 할 수 없을 것이라는 것을.

일곱 번째 편지

나는 보드를 젓는데 써야할 남은 힘을 앞으로 안 가! 못 하겠어! 하고 소리를 지르는데 사용했지. 그리고 보드 위에 털썩 쓰러졌다.

은주와 동현이에게.

요즘에는 아침 운동을 하고 옆집을 지나칠 때마다 다카하시상과 미도리상에게 항상 인사를 드리고 가볍게 안부 정도를 묻는데 나도 어르신들도 귀가 잘 들리는 편이 아니기 때문에 담장 밖에서 인사를 시작해서는 집 안까지 들어가기가 일쑤다. 일단 집 안에 들어가면 나올 때는 반드시 손에 할머니가 쥐어주시는 고야라든지 파파야라든지 생선이라든지 하는 잡다한 것들을 받아들고 나오게 된다. 내가 물건을 받아들고 감사합니다 하고 말할 때 할머니의 얼굴에 가득 떠오르는 흐뭇한 표정을 보면 할머니가 누군가와 무엇을 나눌 수 있다는 것 자체에서 행복을 느끼신다는 것을 알 수 있거든. 나는 음식을 받는 대신 마당에 어질러져 있는 기구들을 정리해 드리기도 하고, 담장이나 문을 수리하는 일을 도와드리기도 한다. 카즈의 집에서는 내가 도움을 받는 처지인데 이 집에서는 내가 자식뻘 되니까 도움을 드릴 수 있는 경우가 많아 기쁘다. 나이가 들어감에 따라 사람은 도움을 받는 것보다는 도움을 주는 것에서 더 큰 기쁨을 느끼는 존재라는 것을 느끼게 된다. 나이가 들면 도움을 받는다는 일이 왠지 슬프게 느껴지거든. 다른 사람들은 자격지심이라고 생각할지도 모르지만 말이다. 여기서 나는 서핑도 하고 젊은 친구들과도 종종 어울리곤 하니까 젊어진 기분이 들기도 하지만 그것은 어울릴 때뿐인 환상이다. 깨고 나면 더 깊은 초라함이 남는 간밤의 술자리 같은 것 말이다. 하지만 어르신 내외의 일을 도울 때면 나는 내면에서부터 젊어지는 활기를 느낄 수 있다. 보람도 있고.

너희 엄마와 처음 너희 엄마 고향인 시골에 가서 일을 도울 때는 나를 제외한 모두가 스스로 어떤 일을 해야 하는지 알고 있는 사람들이어서 고구마 심자고 한마디만 하면 나머지는 알아서 척척 일이 시작됐다. 모두들 자신이 할 일을 알고 있는데 나 혼자 바보처럼 우두커니 서 있는 것 같아서 많이 불편했다. 나는 일을 도우러 간 건데 오히려 짐이 되는 것 같았지. 내가 너희 외할머니보다도 나이가 들어버린 느낌이었다. 그러다 보니 점점 물러서게 되고 그다음부터는 시골에 가서 다른 사람들이 일을 하러 갈 때도 집 안에 남는 경우가 많아졌지. 하지만 밭일을 하러 나가서 혼자 짐이 된 것 같은 느낌이나 다들 밭일을 하러 갔는데 혼자 시골집에서 텔레비전을 보고 있는 느낌이나 나이가 들어버린 느낌인 것만은 다르지 않았다. 결코 유쾌한 기분은 아니었지. 그래서 '시골'이라고 하면 '나랑은 맞지 않는 곳'이라고 생각해왔다. 그래서 사람에게는 항상 첫인상이 중요한 법이지.

얼마 전에 처음으로 제퍼슨과 요시키와 함께 서핑을 하러 갔다. 이번에는 남쪽으로 내려갔지. 암석지대 같은 곳이었는지 바다가 시작되는 부분의 바닥이 큰 돌들로 이루어져 있어서 밑이 갑자기 푹 꺼지기도 하고 발을 디디기가 어렵더구나. 잘못 발을 헛디디면 발목을 접지를 수도 있어서 조심해야 했지. 하지만 물이 조금만 깊어지면 서프보드를 탈 수 있었으니까 괜찮았다. 제퍼슨이 혹시라도 서핑을 마치고 들어올 때 발을 조심해서 디디라고 알려주었다. 덩치에 어울리지 않게 자상한 친구지. 안 그러냐? 그 친구가 서프보드 위에 올라타서 패들 하는 모습을 보면 마치 한 마리 바다표범이 서프보드 위에 올라가 있는 것 같은 생각이 들어서 자꾸 웃음이 난다. 우리가 서핑을 한 곳은 요트 정박장과 가까운 곳이어서 바다를 바라보면서 차와 음식을 먹을 수 있는 레스토랑도 있었다. 덕분에 서핑을 마치고 사용할 수 있는 화장실이 없는지 걱정할 필요는 없겠더구나. 이상하게 서핑을 하고 나오면 그렇게 소변이 마렵단 말이지.

카즈와 내가 한 차를 타고, 제퍼슨과 요시키가 한 차를 타고 갔는데 차에서 내려서 넷이서 같은 옷을 입고 바다를 바라보고 서 있자니 왠지 절벽에서 서서 초원을 바라보는 카우보이 영화의 한 장면 같기도 하고 든든한 것이 기분이 좋았다. 구성원이 마음에 드는가와는 별도로 소속감만으로도 이렇게 기분이 달라질 수 있다니 놀랍지 않니. 카즈와 요시키가 내 옆에서 바다를 바라보면서 오프소가 어쩌고 프레이무가 어쩌고 삐꾸가 어쩌고 이야기를 하는데 분명히 파도 이야기를 하는 것 같기는 한데 무슨 소리를 하는지 하나도 모르겠더구나. 대부분 용어가 영어였던 것 같은데 요시키랑 카즈가 말을 하니까 일본식 영어 발음까지 섞여서 더 알아듣기가 힘들었다. 도쿄에서 일한 덕분으로 일본어까지는 어떻게 하겠다만 내가 영어는 좀 약하잖니. 나중에 카즈에서 슬쩍 물어봤더니 바람이 바다 쪽으로 부는 것이 오프쇼어고, 파도가 영어알파벳 에이자 모양으로 섰다가 부서지는 게 에이프레임, 파도가 부서지는 파도의 꼭대기를 피크라고 부른다고 했다. 뭐 그 밖에도 필링이니 세트니 숄더니 페이스니 하는 용어들을 좀 알려주기는 했는데 요즘에는 한 번에 세 가지 단어 외우기도 힘이 들어서 저녁에 집에 오니까 생각이 잘 나지가 않았다. 그래서 카즈에게 많이 쓰는 용어를 좀 적어달라고 했지. 지금 내 책상 앞에 붙여놓았다. 여하튼 전문용어 같은 건 접어두고 그들이 하고 있었던 이야기는 뭐냐? 서핑하기 좋은 파도라는 거였지. 그냥 그렇게 말하면 될 것을 어째 사람들이 어느 분야든지 경험이 좀 쌓이면 그렇게 전문 용어 병에 걸리는지 원. 우리 때는 알아듣지도 못하게 어려운 한자어를 쓰는 사람이 많았는데 요즘에는 영어나 영어 약자를 쓰는 사람이 그렇게 많다지? 은주야 아예 외국계 회사를 다니니까 당연히 영어를 쓰겠지만 동현이는 영어 약자 그런 건 쓰지 말고 알아듣기 쉽게 이야기해 버릇하는 건 어떨지.

확실히 네 명이서 함께 하니 카즈와 둘이 탈 때보다 훨씬 활기가 넘쳤다. 다만 셋은 원하는 파도를 비교적 쉽게 잡아탔던 것에 비해서 나는 아직도 누가 알려주지 않으면 시도하기도 어렵다는 게 문제긴 했지만. 내가 파도를 놓칠 때마다 제퍼슨이나 요시키가 저 파도는 경사가 없었다느니, 바람 때문에 속도가 줄었다느니 하면서 이유를 알려주기도 했고, 지금은 기억도 안 나는 전문용어 같은 것을 쓰기도 했다. 카즈도 여전히 옆에서 리상 저걸 타야 돼요, 자 준비, 패들, 패들, 패들 하고 타이밍을 알려주었다. 덕분에 파도를 서너 번은 탄 것 같은데 내가 파도를 탈 때마다 자기 일인 듯 좋아해 주는 동료들이 있어서 더 기운이 났다.

대충 서핑을 한 시간 정도 하고 조금 쉬자고 나왔는데 제퍼슨이 리상, 그래도 내추럴 서프에 입단하셨으니까 공식 입단식은 하셔야죠, 하고 말했다. 이어서 요시키가 한 오십 미터쯤 떨어져 있는 요트 선착장 옆에 등대 끝부분을 가리키면서 보드를 타고 저기까지 가서 저 벽에 이름을 쓰고 돌아오면 된다고 했다. 이 녀석들 하는 짓이 뭔가 좀 고등학생들 같아서 이걸 꼭 해야 하나 생각이 들었지만 나는 일단 뭘로 저기다가 이름을 쓰냐고 물었지. 설마 혈서 같은 건 아니겠지? 하는 생각을 하면서 말이다. 요시키 정도의 인물이라면 그런 생각을 할지도 모르잖니. 다행히도 카즈가 차에서 작은 스프레이를 가져다주겠다고 했다. 이미 힘이 좀 빠지기는 했지만 그렇게 어려워 보이지는 않았기 때문에 그냥 한 번 해보기로 했다. 나는 서핑 바지 주머니에 작은 스프레이를 넣고 서프보드에 올라타서 패들링을 시작했다. 중간중간에 돌아볼 때마다 제퍼슨이 사카사인으로 응원을 해주었다.

벽까지 가는 것은 어렵지 않았다. 벽에 이름을 쓰는 것은 조금 더 균형 감각이 필요했지만 서프보드를 옆으로 돌려서 기우뚱거리며 쓰니 쓸 만했지. 사실 문제는 그 다음이었는데 그게 문제가 될 거라고는 애초에 상상도 하지 않았기 때문에 나는 마음의 준비가 전혀 되지 않은 상태였다고 할 수 있다. 나는 다시 왔던 방향 그대로 서프보드를 돌려서 패들링을 하기 시작했다. 처음 몇 번은 서프보드가 앞으로 잘 밀려가는 것 같았는데 그다음에는 이상하게 저어도 저어도 앞으로 나가지가 않는 것 같았다. 멀리서 보이는 팀원들의 모습이 조금씩 커져야 정상인데 어째 그 덩치 큰 제퍼슨이가 커지지가 않는 것이었지. 나는 내가 패들링을 잘 못해서 보드가 앞으로 가지 않는다고 생각했다. 오늘 카즈로부터 패들 할 때 힘이 없다는 이야기를 하도 많이 들었기 때문에 당연히 그렇게 생각할 수밖에 없었지. 멀리서 나를 바라보고 있는 카즈를 보고 있는데 그때도 마치 옆에서 카즈가 리상, 패들, 패들, 패들 하고 말하는 소리가 들리는 것 같았다. 그래서 더 힘차게 패들링을 했지. 조금 앞으로 나가는 것 같다는 느낌이 들었지만 너무 힘이 많이 들었다. 허리도 아팠고. 나는 힘이 들면 보드에 잠시 엎드렸다가 다시 일어나서 젓고, 또 힘들면 다시 엎드리고를 반복했다. 이미 힘은 다 빠졌고 빨리 나가서 쉬고 싶은데 아무리 저어도 앞으로 나가지가 않으니 이게 고역이었다. 나는 정말이지 더 이상은 저을 수가 없어서 다시 서프보드 위로 엎어졌지. 두 손을 물속에 담근 채로 둥둥 떠 있는데 아무 생각도 안 들고 물속에 있는 손가락에도 아무 감각도 없는 것 같았다. 이러다가는 영영 못 나갈지도 모르겠다는 생각이 들었는데 그때 갑자기 두려운 마음이 밀려왔다. 심장이 덜컥 내려앉는 것 같더니 심장이 몹시 빠르게 뛰기 시작했지. 나는 해변에 앉아있는 카즈를 바라보면서 살려달라고 소리를 질렀다. 그제야 뭔가가 잘못됐다고 생각했는지 카즈와 제퍼슨, 요시키가 벌떡 일어서는 것이 보였다. 나는 보드를 젓는데 써야 할 남은 힘을 앞으로 안 가! 못 하겠어! 하고 소리를 지르는데 사용했지. 그리고 보드 위에 털썩 쓰러졌다. 누군가가 물로 뛰어드는 소리가 들렸다. 조금 후에 제퍼슨과 요시키가 내 옆으로 와서 자기들 서프보드 뒤를 잡으라고 하더구나. 그래서 나는 간신히 그들의 서프보드 뒤를 붙잡고 질 질 질 끌려 나왔다. 방향을 보니 카즈가 있는 곳을 보고 가는 것이 아니라 훨씬 옆쪽을 보고 헤엄을 치는 것 같았다. 거의 끌려 나오다시피 나와서 땅을 밟았더니 그 땅의 견고함에 어찌나 안심이 되던지 그대로 땅 위에 드러누워 버렸다. 팔에 경련이 일어나서 덜덜덜덜 떨리는 바람에 왼팔로는 오른쪽 어깨를, 오른팔로는 왼쪽 어깨를 붙잡고 있어야 했다. 카즈가 얼른 차에서 수건을 가져와서 내 몸을 닦아주었는데 옆에서 요시키가 거친 숨을 쉬면서 그럼 오늘 맥주는 제퍼슨이 쏘는 거야, 하고 하하하하 웃는 소리가 들렸다. 둘이서 누가 먼저 내가 있는 곳까지 도착하는지 내기를 걸고 뛰어들었다고 하더구나. 카즈는 내가 조류에 걸려서 못 들어온 것이라며 조류를 거스를 때는 직선 방향으로 헤엄치지 말고 대각선 방향으로 헤엄쳐야 한다고 알려주었다. 내가 부산에 있을 때도 바다에 한 번 안 들어갔던 사람인데 그런 것을 알고 있었겠니? 어쨌든 제퍼슨과 요시키가 아니었으면 조류에 휩쓸려서 태국까지 쓸려갔을지도 모르겠다.

간신히 집에 돌아와서 뜨거운 물로 샤워를 하고 나왔더니 나오코상이 따뜻한 오키나와 소바를 만들어주었다. 여기서는 오키나와 소바가 워낙 유명해서 일본 본섬에서 그렇게 유명한 우동이니 라멘이니 메밀소바니 하는 것들이 자리를 못 잡고 오키나와 소바에 다 밀려난 상황이라고 하더구나. 돼지 뼈와 가다랑어포를 사용한 육수라서 한국 사람에게 조금 느끼하지 않을까 하고 걱정을 했는데 내 입맛에는 딱이었다. 뜨끈한 국물을 후루룩 마시니까 좀 살겠더구나. 좋은 음식은 영혼까지도 치료하는 법이지. 사실 국물을 마시려고 그릇을 들어 올리는데도 팔이 부들부들 떨려서 국물 마시기도 쉽지 않았다. 팔을 올리는 것보다는 고개를 숙여서 먹는 게 편했지. 카즈는 나오코가 만드는 오키나와 소바는 동네에서도 알아주게 맛있다며 두 그릇을 먹어 치웠다. 나오코상이 카즈가 맛있게 먹는 모습을 보며 활짝 웃는 게 보기 좋더구나. 나오코상은 어머니에게 오키나와 소바 만드는 법을 배웠다는데 힘든 일이 있을 때마다 어머니께서 오키나와 소바를 만들어주셨다고 했다. 사람이 힘든 일을 겪고 나면 든든하게 먹어야 한다면서 돼지고기 고명을 더 많이 올려주셨다고 한다. 덕분에 나도 돼지고기 고명이 듬뿍 올라간 오키나와 소바를 먹을 수 있었다.

그렇게 따뜻한 국물을 먹고 이불을 뒤집어쓰고 누워서 끙끙대고 있는데 방문이 살짝 열리더니 켄지가 고개를 쑥 들이밀고는 나에게 할아버지 자요? 하고 물었다. 내가 아직 안 잔다고 했더니 켄지가 문을 마저 열고 들어왔는데 손에는 켄지가 가장 좋아하는 젤리 봉지가 들려있었다. 그건 하리보라는 곰 모양 젤리인데 켄지는 하리보 이야기만 하면 울다가도 울음을 뚝 그칠 정도로 좋아하지. 켄지가 쪼르르 걸어와서 내 옆에 앉더니 내 이마에 손을 올리면서 할아버지 아파요? 하고 물었다. 나는 그래 오늘 할아버지가 몸을 너무 많이 썼나 보다, 하고 대답했지. 그랬더니 켄지가 주변을 두리번두리번 살피더니 젤리 봉지에서 젤리를 꺼내서 그 작은 손으로 꼬물꼬물 색깔별로 골라내더니 세 가지 색깔을 주면서 빨간색이 제일 맛있으니까 제일 먼저 먹어요, 했다. 나는 그래 고맙다, 하고 켄지 얼굴을 쓰다듬어 줬지. 켄지가 방을 나가다가 돌아서서는 할아버지 서핑 할 때 완전 멋있어요, 하고 활짝 웃었다. 기특한 녀석이지. 문득 너희들의 어릴 적 모습이 보고 싶었다. 다음에 집에 들르면 옛날 앨범을 한 번 보고 싶구나. 또 편지하마.

2012. 3. 18.

아빠가

나도 바다에 빠져 죽을 뻔한 기억이 있다. 내가 어렸을 때 아버지께서는 부산에서 근무를 하셨고, 우리 가족은 여름방학이 되면 한 달 정도씩 부산에 내려가서 생활을 하곤 했다. 부산에 가면 나는 한 달 내내 거의 여행을 하는 기분을 느낄 수 있었기 때문에 부산에 있는 것을 좋아했던 것 같다. 초등학생 때는 집중력이 부족하기 마련인데도 불구하고 나에게는 새마을호를 타고 내려가는 5시간이 그렇게 길게 느껴지지 않았다. 부산에 도착하면 새마을호에서 부산 갈매기 노래가 나오곤 했는데 그러면 우리 식구는 다 같이 그 노래를 따라 부르면서 도착의 기쁨을 누렸었다.

초등학교 삼학년 여름방학이었던 것 같다. 그날은 아버지가 회를 사주셨으므로 회를 먹고 좋은 기분으로 광안리 모래사장을 걷고 있었다. 누나는 차에서 자고 있었던 것 같다. 아니면 그 사건에서 누나가 차지한 비중이 몹시 미미했기 때문에 내가 기억하지 못하는지도 모르겠다. 태풍 철이었기 때문인지, 밤이 되면서 바람이 불기 시작했기 때문인지 파도가 커지고 있었다. 당시의 광안리는 지금처럼 사람들이 많이 찾지 않는 자연 그대로의 모래사장이어서 피서철을 제외하고는 사람이 많지 않았다. 밤의 모래사장은 조용했다. 파도치는 소리가 멀리까지 퍼져나갔다. 부모님은 서로 대화를 나누며 모래사장을 걸었고 나는 부모님 주위에서 파도를 쫓아다니는데 온정신을 집중하고 있었다. 나는 슬리퍼를 신고 있었는데 당시에 이미 슬리퍼 착용에 상당한 재능을 보이고 있었으므로 슬리퍼를 신고도 바지 뒤편에 흙을 튀기지 않고 걸어 다니거나 슬리퍼를 신고 달리는 일에도 익숙해져 있었다. 모래사장에는 가로등이 없었는데도 달빛이 가로등처럼 밝아서 나는 왠지 신이 났다. 파도도 신이 났다. 파도는 멀리까지 빠졌다가 깊숙하게 들어왔다. 내가 파도를 쫓았고 파도가 나를 쫓았다. 파도를 쫓아 들어갔다가 도망쳐 나오는 순간 슬리퍼가 모래바닥에 쩔꺽 달라붙었다. 슬리퍼에서 발이 쑥 빠져나왔다. 어랏! 나는 모래바닥에 붙어있는 슬리퍼로 손을 뻗었다. 슬리퍼를 주워야겠다고 생각했을 뿐이었다. 충분히 슬리퍼를 가지고 나올 수 있다고 생각했다. 그때 갑자기 아버지의 고함소리가 들려왔고 동시에 슬리퍼를 주우려고 쭈그렸던 내 몸이 그대로 공중으로 떠오르는 것을 느꼈다. 나의 시선은 슬리퍼에 고정되어 있었다. 나는 파도가 어떤 거대한 사람의 손처럼 나의 슬리퍼를 쓸어 담아 바다 쪽으로 사라지는 장면을 아주 또렷하게 볼 수 있었다. 나의 몸이 슬리퍼에서 점점 멀어지고 있었으므로 나는 줌아웃 되는 느낌으로 그 장면을 바라볼 수 있었다. 그것은 영화에서 가장 중요한 마지막 장면이 줌아웃으로 점점 멀어지는 것처럼 짙은 여운을 남겼다. 그리고 아버지가 나의 몸을 돌려 안전한 곳에 나를 내려놓는 순간 나는 다시 현실로 돌아왔다. 야! 이 자식아! 하는 아버지의 호통과 동시에 어머니가 가시라도 박힌 듯 따가운 손바닥으로 나의 등짝을 내리쳤다. 그때까지도 나는 '슬리퍼를 주워야 하는데 왜 아버지가 방해를 했을까?'하는 생각을 하고 있었다. 어머니가 쭈그려 앉은 자세 그대로 굳어있는 나를 안아주면서 큰일 날 뻔 했다. 큰일 날 뻔 했어, 하고 내 등을 쓸어내려주었다. 그제야 나는 실은 내가 슬리퍼와 함께 밤 바다 속으로 사라질 수도 있었다는 사실을 문득 깨달았고 따뜻한 어머니 품속에서 지나간 공포에 대한 안도감으로 몸을 덜덜 떨었다. 그러니까 그때 나는 몸을 덜덜 떨면서도 이상한 안도감 같은 것을 느꼈는데 그것은 아버지와 어머니 콤비가 있는 한 나는 세상으로부터 안전할 수 있을 것이라는 막연한 안도감이었다. 한 번도 의식해 본 적은 없으나 그런 안도감이 있었기 때문에 나는 세상에 좀 더 당당할 수 있었고 의연할 수 있었던 것은 아닐까? 살다 보면 그 존재만으로도 안도감을 가지게 하는 사람들이 있다. 그것은 신뢰라는 조건부적인 감정을 넘어서는 신앙 같은 것이다. 그래서 아이들은 신을 믿기 전에 부모를 먼저 믿는다. 그 신앙이 얼마나 오래갈지는 아무도 알 수 없지만.

나오코상의 오키나와 소바 이야기를 읽으니 문득 어머니가 그리워졌다. 어머니가 돌아가신 후 아버지가 가장 그리워했던 것은 어머니의 요리였다. 아버지와 나는 선천적으로 위장이 약했고 누나에게는 아토피가 있었으므로 어머니는 화학조미료를 전혀 쓰지 않고 대신에 천연 효소나 천연 식초 등 천연 조미료를 직접 만들어 썼다. 아버지는 요리를 잘 하지는 않았지만 맛있는 음식을 먹는 것만큼은 누구보다 좋아했다. 아버지는 맛있는 음식을 먹을 때면 언제나 좋은 음식은 영혼까지도 치료해 주는 법이지, 하고 말씀하셨다.

하지만 아이러니하게도 그런 아버지가 가장 좋아하는 음식은 바로 라면이었다. 다른 사람들은 오랫동안 혼자 살다 보면 라면을 너무 많이 먹어서 질린다고 하는데 아버지는 반대였다. 가장 많이 먹은 음식이어서 좋아졌다나. 이건 순전히 내 생각이지만 조리법이 가장 객관적이고 또한 계량하기 쉽기 때문에 자신 있게 해먹을 수 있는 음식이 된 것은 아닐까? 하지만 누나의 아토피 때문에 그리고 그에 따른 어머니의 건강 철학 때문에 라면처럼 화학조미료가 듬뿍 들어간 인스턴트 및 밀가루 음식을 기피하던 우리 집에서 라면은 명절 때나 한 번씩 먹던 갈비찜보다도 구경하기 힘든 음식이었다. 그럼에도 불구하고 가족들의 불규칙한 귀가로 인해서 갑자기 취사된 밥이 떨어졌거나 시간이 급박한 경우를 대비해서 어머니께서 라면을 구비해 놓기는 하셨었다. 하지만 이것이 아버지의 눈에 띄었다 하면 아버지의 뱃속으로 들어갔으므로 어머니는 되도록 아버지의 눈에 띄지 않는 곳에 이런 것들을 숨겨두곤 했다. 아버지도 라면을 먹기 위해서 집안을 뒤진다거나 하지는 않았지만 일단 라면이 눈에 띄었다 하면 얼마 후에는 여지없이 얼큰한 화학조미료 향이 집 안 가득 퍼졌다. 사실 문제는 아버지가 라면을 먹는 것이 아니라 미각이 발달한 만큼 식탐도 발달한 누나가 이 냄새를 참지 못하고 아버지와 함께 라면을 먹고 피부를 벅벅 긁어대는 것에 있었다. 먹은 것은 누나였지만 그래도 비난의 화살은 아버지에게로 향하기 마련이었다.

돌이켜 생각해 보면 집에서 라면도 하나 마음껏 끓여먹지 못했던 아버지에게 허락된 자유는 얼마만큼 이었을까? 자식들과 가족들에게 피해를 주지 않는 선에서의 자유라는 건 얼마만큼의 자유였을까? 부분적 자유, 차선으로서의 자유라는 건 아버지에게 어떤 의미였을까?

여덟 번째 편지

내가 뒤를 돌아보니 제퍼슨이 내 바로 뒤에서 그 커다란 몸만큼이나 거대한 눈을 데굴데굴 굴리면서 녀석들을 내려다보고 있었다.

나는 제퍼슨과 함께 앉아서 맥주를 마시면서 요시키의 밴드가 하는 연주를 들었다.

은주와 동현이에게.

얼마 전에는 미도리상 댁에서 마당을 쓸어드리다가 미도리상이 아침을 먹고 가라고 손을 붙드시는 바람에 아침 식사까지 함께 했다. 미도리상의 이야기를 듣다가 아침을 점심 먹기 전까지 먹어야 하는 것은 아닌지 걱정이 살짝 되기는 했지만 내가 딱히 바쁜 일이 있는 것도 아니잖니. 다카하시상도 젊었을 적에 서핑을 즐기셨다고 하더라. 지금처럼 화려한 서프보드는 없었지만 파도를 타는 기분만은 똑같았다고 하셨지. 그 집 재봉틀 위에 놓여있던 사진에서 다카하시상은 긴 바지를 말아 올리고 상의를 탈의한 채로 막 건져 올린 자신의 팔뚝만한 생선을 들고 서 계셨다. 얼핏 보기에도 아주 건장한 바다 사람이었지. 할아버지는 원래 기타를 연주하셨었는데 태평양 전쟁 때문에 손에 부상을 입는 바람에 전쟁 후에는 바다로 나가게 되었다고 했다. 할아버지는 원래 말수가 적은 편이었는데 태평양 전쟁 때 폭격으로 두 아들과 딸을 모두 잃고 난 후에 말이 더 없어지셨단다. 본인이 다친 것도 모자라 자식들까지 그렇게 되었으니 충격이 크셨겠지. 그때 잃었다는 막내아들의 나이가 나와 같더구나. 그 이야기를 들으니까 다카하시상과 더욱 긴밀해지는 느낌이 들었다. 너희도 알

다시피 너희 친할아버지는 일찍 돌아가셨잖니. 다카하시 상은 어렸을 때 아들을 잃었고, 나는 어렸을 때 아버지를 잃었다니 왠지 모르게 신기한 인연이 아니니. 연배도 서로 비슷하고 말이다.

내가 어릴 적에 우리 집안 형편이 아버지의 유산으로 넉넉한 편이기는 했지만 나는 어렸을 때부터 홀어머니를 모시고 두 동생들을 책임지는 집안의 가장 노릇을 해야 한다는 압박감에 시달렸었지. 나는 아버지 없이 자란 아이라는 소리를 듣지 않기 위해서 어른스러워질 수밖에 없었다. 어린 시절에는 왜 그렇게 남들의 입에 오르내리는 것이 자존심이 상하던지. 나는 어린 시절만 잘 넘기면 아버지가 없는 것은 내 인생에서 더 이상 별문제가 되지 않을 것이라고 생각했다. 내가 어른이 되면 모든 것이 나의 책임이지 아버지가 없는 탓이 되지는 않을 것이라고 생각했던 거지. 하지만 말이다 진짜 문제는 결혼을 하고 너희가 생긴 다음이었지. 나는 아버지라는 존재가 자신의 자식들에게 어떻게 해야 하는 것인지를 알 수가 없었다. 나에게는 롤 모델이 없었던 거지. 혹시나 너희가 잘못 자라지 않을까 항상 걱정이 많았다. 하지만 결국 나도 너희와 많은 시간을 보내지는 못했구나. 그래도 나의 걱정과는 달리 너희가 잘 자라주어서 항상 고맙다.

여하튼 그날이 내가 어르신 내외와 함께 한 첫 식사였는데 할아버지는 아직도 손가락이 좋지 않아서 젓가락으로 생선을 발라 드시는데 어려움이 있었다. 젓가락이 부들부들 떨려서 섬세하게 생선가시를 발라낼 수가 없었지. 다른 것은 몰라도 내가 생선살 바르는 것 하나는 세계대회에 나가도 될 정도 아니냐. 내가 생선 접시를 가져다 젓가락으로 회를 뜬 마냥 생선가시를 싹 제거해서 할아버지에게 살을 발라드렸다. 그랬더니 할아버지는 희미하게 웃으시면서 가장 큰 살 한 점을 내 밥공기 위에 올려주셨지. 대단한 일도 아닌데 대단한 일을 한 것 같은 기분이 들었다. 그러면서 동시에 가슴에 생살이 드러난 것처럼 가슴이 선뜻하고 눈시울이 시큰했다. 늙으면 눈물이 더 많아지는 법이지. 그 후로도 나는 종종 어르신 내외와 함께 식사를 하고 생선가시를 발라드리곤 한다.

그동안 카즈와 함께 여기저기 서핑을 하러 다녔다. 처음에는 카즈에게 수강료를 내기도 했지만 요즘에는 그냥 돌아오는 길에 식사비를 내거나 저녁에 맥주를 사는 정도로 거의 무료로 함께 다니고 있지. 하도 카즈가 옆에서 패들 패들 거려서 요즘에는 꿈에도 카즈가 나와서 패들! 패들! 하고 소리치는 꿈을 꾼다. 카즈가 아침에 일어나면 제일 먼저 하는 일은 이곳저곳의 파도 상태를 알아보는 일이다. 내가 그 많은 여러 곳의 파도 상태를 어떻게 다 체크하냐고 물었더니 일본어로 된 어떤 사이트 같은 곳을 보여주면서 여기서 서퍼들끼리 자기들이 사는 지역의 파도 상태를 매일매일 체크해서 서로 공유한다고 하더구나. 이게 인터넷에서 파도 차트를 체크하거나 기상예보를 이용하는 것보다 훨씬 정확하고 빠르다고 자랑을 했지. 그래서 나는 그저 카즈가 가자고 하는 곳으로 그의 차를 타고 이리저리 실려 다니면서 좋은 풍광을 많이 보았다. 가끔은 현지인이 아니면 알 수 없는 정말 아담하고 아름다운 곳에 데려가기도 한다.

한 번은 카즈가 사는 해변 반대쪽, 그러니까 오키나와 동쪽 해변으로 가 본 적이 있었다. 차를 타고 카이츄우도로라고 하는 해중 도로를 넘어서 이케이섬 쪽으로 가는 길 중간에 작은 산속으로 차를 몰고 들어가니 오프로드가 시작됐다. 차가 낮은 풀과 나무들에 긁히기도 하고, 덜컹거리면서 흙바닥이나 돌에 긁히기도 하면서 구불구불 한참을 나아갔다. 왜 그의 차가 그렇게 누렇게 변색되어 버렸는지 짐작이 갔지. 길을 알고 가는지 의심이 들 정도로 길이 아닌 것 같은 곳으로도 거침없이 들어섰다. 처음에는 대충 방향을 알겠더니만 하도 올라갔다 내려갔다 오른쪽 왼쪽으로 돌고 도니 이제 어느 방향으로 가고 있는지도 알

수가 없었다. 아마 지금 나보고 그때 거기로 혼자 다시 찾아가라고 하면 절대 찾을 수 없을 것 같다. 그렇게 한참을 덜컹거리며 정신을 놓고 그냥 실려 가는데 앞쪽에 아주 작은 공터가 보였다. 차를 4대 정도 주차하면 꽉 찰 것 같은 공간이었는데 차는 한 대도 없었다.

카즈는 그 공터에 차를 대더니 나보고 서프보드를 챙겨서 따라오라고 했다. 앞은 큰 바위로 막혀 있었으므로 나는 도대체 어디로 가려고 하는 것인지 알 수 없었지. 나는 그곳에 내려서 서프보드를 챙겨들고 큰 바위 두 개 사이에 난 작은 내리막길을 따라 내려갔다. 왼쪽으로 완만하게 구부러진 그 작은 내리막길을 내려가자 바위에 가로막혀 보이지 않았던 풍경이 눈앞에 펼쳐졌다. 그곳은 해안선이 와인 잔 모양으로 움푹 들어가 있는 지형이었는데 그래서 다른 쪽에서는 그곳이 보이지 않는 것 같았다. 왼쪽에는 높이가 10m쯤 되어 보이는 작은 절벽이 거의 섬처럼 불쑥 튀어나와 있어 외부에서 오는 시선을 가려주고 있었고 오른쪽으로는 지형 자체가 완만하게 휘어져있어 아주 멀리서가 아니면 그곳을 볼 수 없었지. 그 지형 때문에 내리막 바로 앞쪽에는 나무 그늘이 만들어져 있었다. 그 앞으로는 바다까지 폭이 20m쯤 되는 작은 모래사장이 펼쳐져 있었는데 모래는 오랫동안 하얀 산호가 부서져서 형성된 것으로 소금처럼 하얀색이었다. 산호가 부서진 모래여서 그런지 몸에 잘 붙지도 않더구나. 모래사장에는 아직 풍화가 덜 된 하얀 산호의 줄기들이 부서진 채로 여기저기 널려있었다. 예전에 제주도에 갔을 때 너희 엄마가 가져오려고 했던 회색 산호 조각 기억나는지 모르겠구나. 수저 받침대로 쓰겠다고 가져오려다가 불법이라는 말에 아쉬워하면서 두고 왔었는데 카즈에게 물어보니 여기서는 불법이 아니라고 하더구나. 내가 몇 개 주워두었는데 나중에 보내주마. 하얀 모래사장 뒤로는 여기서 흔히 볼 수 있는 류큐 유리처럼 맑고 투명한 파란 바다가 펼쳐져 있었다. 여기 와서 처음 바다를 봤을 때부터 들었던 생각이지만 어떻게 바다색이 이럴 수가 있는지 볼 때마다 감탄한다. 마치 파란색과 푸른색을 가지고 표시한 등고선처럼 어느 곳은 옅은 하늘색이고 어느 곳은 진한 옥색이고 어느 곳은 밝은 비취색인데 그 색들이 모두 맑고 투명해서 네 살짜리 서양 아이의 눈동자를 바라보는 것 같다. 그곳은 바닥이 일반 모래가 아니고 흰색 산호이다 보니 더욱 맑고 투명하게 보이는 것 같았다. 그리고 사방이 막혀있다 보니 파도치는 소리와 나뭇잎들이 살그락 거리는 소리밖에는 들리지 않아 조용했다. 해변이 작고 아름다워서 사유지가 아닌가 생각이 들었는데 카즈에게 물어보니 사유지는 아니라고 하더구나. 하긴 그렇게 찾아가기도 어려운 곳을 굳이 사유지로 가지고 있는 것도 참 쓸데없는 일이겠지. 그곳은 마치 영화에서 가끔씩 태초의 낙원으로 등장할 법한 곳이었다. 그곳이 너무 좋아서 나는 한동안 서핑을 할 생각은 하지 않고 해변에 앉아서 바다를 보고 앉아만 있었다. 물론 카즈는 많이 보아온 풍경이었으므로 먼저 나가서 서핑을 시작했지. 혼자 앉아서 그렇게 아름다운 풍경을 보고 있으니 너희들 생각이 많이 났다. 너희들이 오키나와에 오면 한 번쯤 보여주고 싶은 광경인데 어떻게 가는지 기억할 수가 없으니 만약 가겠다면 카즈의 신세를 좀 져야겠다.

처음 서핑을 배울 때는 파도를 타는 곳까지 나가서 해안 쪽으로 엎드려서 뒤로 고개를 돌리고 파도만 쳐다보느라고 여기가 어딘지, 어디가 어떻게 다른지 풍경을 볼 생각도 안 들었는데 그래도 이제 조금씩 여유가 생겼는지 풍경이 눈에 들어오기도 한다. 검도를 배울 때와 마찬가지로 서핑도 얼마간 시간이 지나니 패들링에도 요령이 생기고 어깨에도 힘이 생겨서 똑같이 한 번을 저어도 서프보드가 쑥쑥 잘 나간다. 파도가 와도 뒤로 밀리는 일도 적어졌지. 이제는 파도가 높이 치는 곳은 제법 돌아갈 줄 아는 요령도 생겨서 시작하기가 훨씬 편해졌다. 물론 그래도 젊은 사람들보다는 중간중간 쉬는 일이 더 많다. 내가 중간에 패들링을 쉬고 헉헉거리고 있으면 함께 타는 친구들이 카메센닌이라고 부르기도 한다. 카메센닌은 한국어로 거북신선이라는 뜻인데 한 친구가 드래곤볼이라는 만화에 나오는 거북이 등껍질을 달고 다니는 캐릭터, 손오공의 사부라고 알려주었다. 패들링 할 때는 힘들어하다가도 파도를 타면 언제 그랬냐는 듯이 잘 일어나는 것이 만화 속 그 캐릭터와 닮았다나.

가끔씩은 파도를 기다리면서 엎드려서 바다 쪽을 한참 동안 바라보는 일도 있는데 한동안 서프보드에 엎드려서 둥실둥실 떠 있으면 이상하게 마음이 편하다. 한 마리 해파리가 된 것 같은 기분이 들기도 하고 흔들흔들 요람 위에 누워있는 아기가 된 것처럼 아늑한 느낌이 들기도 하지. 거기 엎드려서 수평선과 하늘이 맞닿는 곳을 보고 있으면 시간이 흐르지 않는 것 같다는 생각이 든다. 정말 신선이 된 것 같은 기분이랄까. 사람이 시선을 멀리 두고 있으면 가까운 것들의 움직임은 흐릿해지고, 흐릿한 움직임은 시야에서 사라지기 마련이지. 검도도 좋은 운동이지만 자연과 함께 하는 운동은 또 느끼는 바가 다르더구나. 여기 와서 육십 평생 살면서 느끼지 못했던 새로운 것들을 또 이렇게 느낄 수 있다니 신기한 일이다.

서핑을 하면 또 한 가지 신기한 것이 정말 다양한 사람들을 만나게 된다는 것이다. 이미 제퍼슨이나 요시키만으로도 충분히 다양한데 말이지. 사람들이 처음에는 나 같은 백발의 할아버지가 서핑을 하고 있으니까 신기해서 말을 걸었다가 내가 한국인이라는 것을 알면 더 신기해하고 내가 서핑을 배운지 얼마 안 되었다고 하면 더 더 신기해하기 때문에 처음에는 그들의 반응이 재미있어서 모르는 사람들과 이야기하는 것이 재미있었다. 하지만 막상 그렇게 대화를 시작하고 보면 나랑 대화하고 있는 사람들이 나보다 더 재미있는 사람이라고 느끼게 되는 경우가 많았다.

예전에 도쿄에 살 때는 몰랐는데 요즘에 깨닫게 되는 것이 일본 사람들이 서핑을 참 좋아한다는 것이다. 얼마 전에는 중학교 2학년인데 아빠와 함께 서핑을 하려고 오사카에서 오키나와로 놀러 온 부자를 만난 적이 있다. 그 친구는 서핑을 초등학교 3학년 때부터 시작했다고 하니 우리나라에서 요즘 축구교실 다니듯이 일본에서는 서핑을 배우게 하는 모양이다. 그 친구 서핑이 끝나고 해변으로 나와서는 숨을 헉헉 몰아쉬면서도 표정은 어찌나 즐거워 보이던지. 동현이가 집 앞 중학교에서 축구를 하고 들어오면 항상 그렇게 숨을 몰아쉬면서 들어오곤 했잖니. 남자는 본인이 좋아하는 스포츠를 할 때는 모든 기력을 짜내기 마련이니까 말이다.

모든 사람들이 그런 건 아니지만 아무래도 내가 여기서 만나는 사람들은 서핑을 즐기는 사람들이다 보니 대부분 서핑을 시작한 나이가 무척 어렸다. 얼마 전에 여기 온 여자 서퍼는 중학생 때부터 서핑을 시작했다는데 지금은 옷 가게를 운영하면서 시간 날 때마다 전 세계로 서핑을 하러 다닌다더구나. 내가 어떻게 그렇게 사는 게 가능하냐고 물었더니 일정하게 물건을 가져오는 곳이 있고 여기저기 서핑을 하러 다니면서 그 나라에서 괜찮은 옷들을 가져다가 팔기도 한다고 했다. 또 사업이라는 것이 일정 수준에 올라서면 저절로 돌아가는 것이기 때문에 욕심만 내지 않으면 크게 신경 쓸 일도 없어서 일 년 내내 자리를 지키고 있지 않아도 된다고 하더구나. 일 년 내내 자리를 지키기는커녕 자리를 지키는 날이 더 적은 것 같다고 깔깔대는데 그게 좀 부러워 보였다. 사실 나야 마음만 먹으면 365일 서핑을 할 수 있으니까 내가 지금 와서 부러울 이유도 없다만 더 젊었을 때 그렇게 사는 방법을 알았다면 어땠을까라는 생각을 한 번 해봤다.

하지만 어쨌든 그때, 그러니까 내가 일본에서 근무하던 시절, 너희 엄마를 만나기 전,에는 이런 사람들을 만났더라도 지금처럼 생각하지는 않았겠지. 아니. 확실히 그런 생각은 하지 않았을거다. 깨달음에도 다 때가 있는 법이지. 그러니 뭐든 조급하게 생각할 필요는 없다. 때가 되면 다 알게 되어 있으니까. 내가 이번에 오키나와를 와야겠다고 생각한 것은 사실 내가 일본에 근무할 때 만난 사람 때문이었다. 그 사람은 진작 나에게 이런 종류의 삶도 있음을 알려주었지만 나는 그 사람을 만나고서도 삶의 방식을 바꿀 생각은 하지 못했었지. 그는 거래처에서 만난 후쿠도메상이라는 사람이었는데 매 주말마다 일본 전역을 돌아다니며 서핑을 하러 다닌다고 했지. 자기가 가본 중에서 오키나와가 가장 좋았다면서 나에게 사진을 한 장 보여줬는데 그때 본 사진이 내가 방금 말했던 그 해변의 모습과 비슷했던 것 같다. 나는 그 사진 속에서 서핑을 하고 있는 후쿠도메상을 보고 그곳이 내가 생각하고 있던 천국 같은 곳이라고 생각했다. 그래서 언젠가는 저런 곳에서 살아보면 좋겠다고 생각했지. 그 당시에 생각했던 '언젠가'라는 시간은 내가 돈을 많이 벌어서 더 이상 다른 일을 할 필요가 없는 그런 시간이었다. 그 시간은 점점 미뤄졌지. 왜냐하면 나는 너희 엄마와 결혼을 했고, 은주를 낳았고, 동현이를 낳았고, 은퇴를 했지만 여전히 가장이었으니까. 게다가 나는 평생을 도시에서만 자라왔기 때문에 그런 자연 속에서의 삶은 상상할 수도 없었다. 그러다 한

동안 막막했던 어려운 시간도 이럭저럭 지나가고 너희들이 돈을 벌기 시작했고 정말로 그런 시간이 다가오는 듯했다. 그런데 너희 엄마가 그렇게 우리를 떠났지. 나는 한동안 고민했다. 책도 많이 읽었지. 내가 실용서 외의 책을 읽기 시작한 것은 그때부터 였던 것 같다. 하지만 너희 엄마가 우리를 떠나고 삼 년 동안 너희들을 바라보면서 너희들에게 필요한 것은 엄마이지 내가 아니라는 생각이 들었다. 내가 아무리 노력해도 나는 너희들의 엄마는 될 수 없었지. 엄마의 자리를 채우기는커녕 짐이 되고 있는 것 같았다. 소중한 사람들에게 짐이 되어야 한다는 것은 슬픈 일이다. 너희 엄마가 그렇게 말했었지. 짐이 되느니 빨리 떠나고 싶다고. 너희 엄마가 말했던 그런 느낌이 나에게 그렇게 빨리 다가올 줄은 몰랐다. 하지만 그건 내가 선택할 수 있는 문제가 아니었다. 내가 선택할 수 있는 건 단지 어디로 떠나느냐 였지. 그래서 예전 명함을 찾아 후쿠도메상을 수소문했고 그의 소개로 카즈를 만나게 되었다. 그때는 긴가민가 했지만 이제는 카즈의 가족과도 편해지고, 카즈 외에 다른 친구나 이웃들도 생겼으니 어쨌든 좋은 선택을 한 것 같다.

요즘 부쩍 카즈의 아이들과 친해지다 보니 아이들이 학교에서 일어나는 별별 이야기를 다 해준다. 얼마 전에 내가 일층 거실에서 카즈가 한 번 보라고 건네준 서핑 동영상을 보고 있었는데 학교에서 돌아온 쿄헤이가 내 옆자리에 털썩 주저앉더구나. 어린 게 우거지상을 하고 있기래 무슨 일이 있냐고 물었더니 쭈뼛쭈뼛 거렸지. 잘 달래서 다시 물어보니 학교에서 몇 명이 무리를 지어서 괴롭힌다는 거였다. 그런데 그 이유가 나 때문이라는 게 당황스러웠다. 한국인이 자기 집에 산다는 것 때문에 아이들이 괴롭힌다는 거였다. 조센징이 어쩌고 하는 이야기를 했다는 것을 보니 아무래도 그 패거리 중 우두머리 아이의 부모가 극우파 같은 사람인지도 모르지. 어린 시절에 아이들은 자기 부모들의 모습을 그대로 닮기 마련 아니냐. 신발을 더럽혀 놓기도 하고 준비물을 숨겨 놓기도 한다는데 일본에 이지메 문화가 있다고 듣기는 했지만 정말로 그런 상황을 들어보니 당황스럽더구나. 그래서 내가 장난 반 진담 반으로 일본에는 아직 그런 개념이 없는지 모르겠지만 한국에서는 그럴 때 한 놈만 패라는 격언이 있다고 알려주었다.

그랬더니 며칠 후에 정말 쿄헤이가 그중 한 녀석을 패주는 바람에 나오코상이 학교에 불려갔었지. 저녁에 카즈가 나오코상에게 자초지종을 듣더니 하하하하 하고 웃으면서 되레 쿄헤이에게 잘했다고 하기는 했다만 나오코상이 상심한 얼굴이 되어 나는 나오코상에게 몹시 미안했다.

역시 아이들에게는 아무 말이나 하면 안 되는 건데 내가 좀 경솔했던 것 같아서 반성하고 있다. 요시키에게 간지니 히피니 하는 말을 배운 것을 뻔히 보고서는 내가 그런 말을 하다니. 아직은 그렇게 가려서 판단할 능력이 있는 아이가 아닌데 그동안 꽤나 어른스러워 보여서 내가 그렇게 말했던 것을 곧이곧대로 받아들일 줄은 몰랐지. 원래 아이들을 대하다 보면 어느 순간에는 너무 어른스러워서 놀라기도 하고 또 어느 순간에는 역시 어린아이다 싶은 순간이 있기도 하지. 새삼 조심해야겠다고 느꼈다.

어제는 요시키의 공연에 초대받아서 카데나 시에 있는 라이브 바에 다녀왔다. 카즈는 다음 날 아침까지 수리해 주어야 할 보드가 있다고 해서 나 혼자 가기로 했지. 저녁을 먹고 시간이 어중간해서 꿈지럭거리다 잠깐 잠이 들었는데 일어나 보니 시간에 맞춰 가기 위해서는 서둘러야 했다. 요시키가 연주한다는 라이브 바는 카데나 미군 기지 입구 근처에 있는 '24/7'이라는 술집이었다. 라이브 공연이 8시부터 시작한다고 했는데 내가 근처에 차를 주차하고 시계를 보니 그때가 이미 8시였다. 차에서 내렸을 때는 이미 해가 져있었지. 나는 마음이 급해져서 걸음을 서둘렀다. 사람들에게 물어서 카데나 기지 입구까지는 잘 왔는데 '24/7'이라는 술집을 아는 사람이 별로 없었다. 그래서 어쩔 수 없이 근처를 약간 헤매야만 했다. 밤이 어두워지니 눈도 잘 보이지 않기 시작했지. 안경을 가지고 왔어야 하는 건데 하고 생각했지만 후회해 봐야 이미 늦었지. 그런데 가만 들어보니 어디서 노래 연주하는 소리가 들렸다. 소리가 나는 방향을 찾아갔더니 다행히 그렇게 헤매지 않고 건물을 찾을 수 있었다. 마침 바람이 그 건물에서 내 쪽으로 불고 있었던 것이 행운이었지. 근처에 해변이 있는지 바람에서 바다 냄새가 났다. 밤이 되니 바람에서 온기가 빠져나가서인지 선선했다.

내가 '24/7'이라는 간판이 걸린 건물 입구로 들어가서 계단으로 올라가려고 하는데 계단에 웬 껄렁껄렁한 젊은 녀석들 둘이서 계단에 걸터앉아서 담배를 피우고 있었다. 내가 녀석들을 지나가려고 했더니 한 녀석이 손으로 계단을 막으면서 어디 가냐고 물었다. 내가 위층 술집에 간다고 했더니 그럼 입장료를 내야 한다고 하더구나. 내가 그런 이야기는 못 들었다고 했는데 그 녀석이 위를 가리키면서 음악 소리 안 들리냐고 라이브 바에 들어가려면 당연히 돈을 내야 하는 거라고 했다. 내가 저 위에서 음악하는 사람이 내 친구라며 초대받은 거라고 했더니 그 녀석이 픽 웃으면서 거짓말을 할 거면 차라리 아들이라고 하라고 하더구나. 내가 돈을 내야 하나 말아야 하나 쭈뼛쭈

뻣 망설이고 있는데 갑자기 내가 서 있는 곳이 어둑어둑 해지더구나. 안 그래도 어슴푸레했던 달빛이 구름에 가려져서 더 어두워진 것 같았지. 그리고 하늘에서 신의 음성이 들려오는 것처럼 굵직한 목소리가 들려왔다. 내 친구가 오늘 초대받았다고 하잖아. 개수작 부리지 말고 들여보내줘. 내가 뒤를 돌아보니 제퍼슨이 내 바로 뒤에서 그 커다란 몸만큼이나 거대한 눈을 데굴데굴 굴리면서 녀석들을 내려다보고 있었다. 녀석들은 뭐야 정말 네 친구야? 그럼 요시키? 하더니 공돈 좀 벌어보나 했더니, 쳇, 하고는 길을 비켜주었다. 제퍼슨과 함께 계단을 올라가는데 왠지 마음이 든든했다. 제퍼슨은 씩 웃으면서 어딜 가나 버릇없는 녀석들이 있기 마련이라며 신경 쓰지 말라고 했다.

나는 제퍼슨과 함께 앉아서 맥주를 마시면서 요시키의 밴드가 하는 연주를 들었다. 우리 말고 다른 손님들이 많지는 않았는데 대부분 미군인 것 같았다. 라이브 연주 때문인지 안은 몹시 어둑어둑해서 실내장식 같은 것은 별 의미가 없어 보였고 다만 탁자마다 조그만 빨간 등 같은 것이 올려져 있었다. 가끔씩 미군들이 그 빨간 등을 들어 올렸고 그러면 종업원이 와서 필요한 것들을 가져다주었다. 실내는 음악으로 가득 차 있어서 옆 사람이 크게 말할 때를 제외하고 다른 소리는 거의 들리지 않았다. 음악은 내가 생각했던 록 음악과는 많이 달랐다. 내가 젊은 시절에 듣던 록 음악은 온통 울리고 두드려대고 뒤흔들고 하는 느낌이었는데 이들이 연주하는 록 음악은 좀 더 정돈되어 있었고 소리가 잘 쌓아 올려져 있었고 소리가 커질 때도 몸을 뒤흔든다는 느낌보다는 몸을 뚫고 지나가는 느낌이 들었다. 그리고 좀 생생한 것 같기도 했는데 그건 내가 직접 연주하는 라이브를 듣고 있었기 때문인지 아니면 그들의 음악 자체가 그런 특징을 가지고 있었기 때문인지는 비교해 볼 길이 없었다. 제퍼슨은 음악을 듣는 내내 고개를 거북이처럼 내밀면서 앞뒤로 까딱거리기도 하고 손가락으로 허공에 피아노를 치는 것처럼 꿈틀꿈틀 거리기도 하고 어깨를 잔뜩 움츠리기도 하면서 온몸을 이용해서 음악을 듣는데 무대 위에서 직접 공연을 하는 사람보다도 더 신나 보였다. 역시 흑인들은 피 속에 음표가 섞여서 흐르고 있는지도 모르지. 요시키의 밴드는 중간중간 조용한 음악을 연주하기도 했는데 거기에는 내가 처음 파도를 탔던 날 파티에서 다카하시상이 연주했던 산신을 연주하는 부분도 있었다. 사실 내 취향에는 그런 노래가 더 좋더구나. 제퍼슨은 그런 노래를 들을 때는 눈을 반쯤 위로 젖히고 목을 떨면서 엔카를 부르는 가수를 흉내 내기도 하고 멜로디를 따라 하기도 하면서 유쾌하게 웃었다. 나도 제퍼슨을 보면서 함께 웃었다.

나중에 연주가 끝나고 요시키와 함께 맥주를 마셨는데 그는 자신의 음악을 모던 록이라고도 했고 오키나완 록이라고도 했다. 그날 가게에 있던 손님의 수로만 봐서는 그의 벌이가 그렇게 좋아 보이진 않았기 때문에 나는 밴드만 해서도 먹고살 수 있는지 물었다. 나는 이 질문을 할 때 상당히 조심스러울 수밖에 없었는데 이런 종류의 질문은 받아들이기에 따라서 상대방의 자존심을 건드릴 수도 있는 질문이었기 때문이다. 하지만 그는 담담했다고 해야 할까 당당했다고 해야 할까 전혀 부끄러워하는 기색은 없었다. 그는 밴드의 다른 멤버들은 다른 직업을 가진 사람도 있지만 자신은 밴드를 해서 버는 돈으로만 살고 있다고 했다. 넉넉하게 살지는 못하지만 먹고사는 데는 지장이 없다고 하더구나. 그러면서 버는 만큼만 쓰는 거죠, 얼마나 필요한지도 모르면서 좋아하지도 않는 일을 해서 돈을 더 버는 것보다는 좋아하는 일을 하면서 버는 만큼만 쓰는 게 좋아요, 언제까지 이렇게 가능할지 모르지만 가능할 때까지는 이렇게 살고 싶어요, 하더구나. 내가 그 친구의 부모였다면 참 답답한 소리하고 있다는 생각이 들었겠지만 내 아들은 아니니 내가 뭐라고 할 자격은 없겠지. 나는 끄응 하는 소리를 속으로 삼키고 다만 고개를 끄덕였다.

그건 그의 생각에 동의한다는 의미도 아니었고 그를 응원하겠다는 의미도 아니었지만 그 친구의 담담하면서도 당당한 표정 앞에서 내가 보여줄 수 있는 유일한 반응이었다. 제퍼슨은 요시키의 말을 듣고 껄껄껄 웃으면서 나는 돈 버는 것 자체가 좋은데, 그러니까 말하자면 나는 뭐가 필요해서 돈을 버는 게 아니라 돈을 벌기 위해서 돈을 버는 거지, 어때? 이 정도면 나도 행복하겠지? 하고 말했다. 그러자 요시키가 그렇지만 그럼에도 불구하고 넌 돈을 많이 못 벌잖아, 하고 제퍼슨에게 면박을 줬다. 하지만 제퍼슨은 이에 굴하지 않고 너도 돈을 많이 벌진 못해도 음악을 할 수 있어서 행복하다면서? 나도 돈을 많이 벌진 못해도 어쨌든 돈을 버니까 행복한 거야. 그리고 언젠가는 돈을 많이 벌 거야, 하고 받아쳤지. 마지막까지 요시키도 지지 않고 네가 돈을 많이 버는 것보다는 내가 음악으로 유명해지는 게 빠를걸, 하고 응수했기 때문에 갑자기 좋아! 그렇다면 내기다, 하고 뜬금없는 결론이 나버렸다. 스포츠를 좋아하는 남자들이란 참 내기를 좋아하는 동물들이지. 그러니까 동현이도 불법 스포츠 도박 같은 것에는 아예 처음부터 손을 대지 않는 것이 좋다. 나중에 혹시라도 요시키가 유명해지게 되면 내가 그의 음악을 한 번 들려주마. 또 편지하마.

2012. 4. 8.

아빠가

이 편지를 받을 당시에 나는 안 되는 조직의 전형인 회의 블랙홀에 빠져있었다. 회사로서는 지금까지 해본 적 없는 완전히 새로운 비즈니스 모델에 도전하는 것이었으므로 임원들은 이 새로운 비즈니스 방식에 대해서 본인들이 파악할 수 있기를 원했다. 하지만 그들은 새로운 패러다임을 받아들일 준비가 되어 있지 않았다. 임원들은 항상 시간이 부족했으므로 보고서는 무조건 기존 보고의 틀에 맞추어야만 했다. 네모난 물체를 동그란 틀 안에 억지로 구겨 넣는 것은 얼마나 어려운 일인가. 하지만 그들에게 새로운 비즈니스 모델을 이해시키는 것은 우리 팀의 존폐와 관련된 중요한 일이었으므로 우리는 어떻게든 그들을 이해시키고자 최선을 다했다. 보고를 준비하기 위해 많은 시간이 소요되었다. 우리가 정말로 중요하게 고민해야 하는 일은 어떻게 비즈니스를 운영해야 할 것인가 였음에도 불구하고 언제나 업무의 최우선 순위는 보고 자료를 만드는 데 할애되었다.

상부에서는 사원들의 불필요한 업무량을 줄여보고자 하는 일원으로 보고 자료 줄이기 캠페인을 강제하고 있었다. 기본이 본문 100페이지였던 임원 대상 보고 자료들을 본문 10페이지 내로 줄이도록 방침이 내려왔다. 그러자 보고 자료는 본문 10페이지에 유첨 자료가 90페이지인 10페이지 보고 자료가 되었다.

임원들은 보고서의 내용 못지않게 미적인 부분도 중시했다. 어쩌면 미적인 부분이 더 중요했는지도. 지위가 높아질수록 문화 예술에 대한 안목이 높아지기 때문일까? 그렇다면 먼저 그 저급한 회식문화부터 변화시키는 것이 좋지 않았을까? 내용과 레이아웃을 변형시키다 보면 보고서의 버전이 1.0에서 시작해서 1.6, 2.4로 점점 높아졌다. 나중에는 6.36, 8.61처럼 끝없이 올라갔고 보고 전날에는 final, 진짜 final, 최종최종, 보고직전, 제출, 완전마지막 등의 화려한 버전명이 등장하곤 했다. 그리고 그 많은 버전이 생겨나는 이유는 때로는 다음과 같았다. "동현 씨 거기 그래프 있잖아 그거. 오른쪽으로 두 칸 옮겨봐. 흠... 아니야 다시 왼쪽으로 두 칸 옮겨봐. 오케이. 좋아. 훨씬 낫네. 됐어 이걸로 저장해."

이럴 때면 나는 정말 '죄는 미워하되 사람은 미워하지 말라.'거나 '틀린 사람은 없다. 다른 사람들이 함께 살아갈 뿐이다.'라는 말들을 지어낸 인간들은 직장 생활을 한 번도 안 해본 인간들임에 틀림없다는 생각을 했다. 그런 쓸데없는 업무를 위해서 100페이지 분량의 보고서 리뷰를 한 번

하고 나면 한나절이 지나갔다. 그리고 그 뒤에 나를 기다리고 있는 건 아무도 함께 해 줄리 없는 진짜 나의 업무였다. 그건 곧 야근을 해야 한다는 이야기였다. 보고가 많은 달에는 주말에 출근하는 일도 생겼다.

이런 일들이 반복되면서 내가 모르는 내가 생겨나고 있었다. 내장지방처럼 축적된 분노가 하이드를 만들어내고 있었다. 무작정 싫어하는 사람이 생겼고 얼굴만 봐도 짜증이 나는 사람이 생겼다. 그것은 파블로프의 개처럼 조건반사적인 반응이었으므로 내가 조정할 수 있는 성질의 것이 아니었다. 나는 고민하기 시작했다. 이 안정적인 직장에 순종하는 개처럼 계속 다닐 것인가 아니면 나의 길을 찾아 외로운 늑대가 될 것인가?

아홉 번째 편지

그런 생각을 하면서 요시키를 유심히 보며 걷다가 앞을 제대로 보지 못했는데 그 바람에 누군가와 부딪히고 말았다.

은주와 동현이에게.

얼마 전에 켄지와 쿄헤이와 함께 장을 보러 다녀왔다. 나오코상은 전날 옆집에서 받은 채소들을 손질하느라 바빴으므로 내가 아이들을 챙겨주어야 했다. 슈퍼마켓에 가는 동안 아이들은 길가에 난 풀을 꺾어서 자기들끼리 칼싸움을 하기도 했고 나오코상이 적어준 목록들을 다시 한 번 읽어보면서 오늘 저녁 식사는 어떤 것이겠다고 예측하며 좋아하기도 했다. 아이들은 주로 내 뒤에서 나를 따라왔는데 나는 건널목을 제외하고는 딱히 아이들을 단속하지 않았다. 슈퍼마켓까지 반쯤 갔을 때 뒤에서 켄지와 쿄헤이가 쪼르르 달려오더니 양쪽에서 내 손을 잡았다. 쿄헤이는 할아버지 같이 가요, 했고 켄지는 할아버지 계속 불렀는데 왜 안 돌아봐요, 했다. 나는 차 소리 때문에 시끄러워서 잘 안 들렸나 보구나, 하고 말했지. 그랬더니 쿄헤이가 할아버지는 왜 이렇게 빨리 걸어요? 바빠요? 하고 물었다. 나는 쿄헤이에게 아니, 하나도 안 바쁘단다, 하고 대답했다. 쿄헤이가 그러면 이렇게 우리랑 같이 발맞춰서 같이 걸어요. 하나 둘 하나 둘, 하고 구령을 붙이기 시작했다. 그러자 켄지도 신나서 하나 둘 하나 둘, 하고 구령을 따라 했지. 내 걸음도 저절로 아이들의 걸음걸이에 맞춰졌다. 그렇게 걸으면서 아이들은 어? 저기 개다. 진짜 커, 하고 감탄하기도 하고, 맞은편에서 아이스크림을 들고 오는 다른 아이를 보며 나도 재가 들고 가는 블루실 아이스크림 먹고 싶다, 하기도 했다. 아이들의 시선과 말에 따라서 내 눈도 함께 움직였지. 그렇게 발을 맞춰서 걷다 보니 아이들이 관심을 가지는 것이 어떤 것인지 저절로 알게 됐다.

한국에서 너희 엄마와 너희들과 걸을 때는 너희들과 발맞추어 걸은 적이 거의 없었던 것 같구나. 너희를 챙기는 것은 항상 엄마의 몫이었지. 나는 주로 운전을 하거나 길을 찾거나 짐을 들고 가거나 했으니까. 시간이 지나서 너희들이 자란 후에라도 발맞추어 걸으려고 노력을 했어야 했는데 그때는 미처 몰랐다. 그때는 뭐가 그렇게 바빠서 항상 앞장서서 걸었을까. 너희 엄마가 좀 같이 가자고 불러도 나는 나의 속도로 걷는 것만이 중요한 일인 줄 알았다. 내 속도를 줄이면 세상이 뒤집히는 줄 알았지.

이렇게 다른 가족을 보면서 우리의 가족을 다시 돌아보게 될 줄은 몰랐다. 나는 너희들을 떠나오고 나서야 너희들을 어떻게 대해야 할지 다시 배우게 되는구나. 어째서 사람은 항상 부재 속에서 그 대상의 소중함과 가치를 깨닫게 되는 것인지 모르겠다. 그래서 항상 후회하고 자책하지. 커다란 부재일수록 커다란 깨우침을 얻는 것 같다. 잠깐의 부재는 되돌려질 수도 있으니 작은 후회만 남길 수도 있다. 하지만 어떤 부재는 다시 돌이킬 수 없기 때문에 그만큼 큰 가르침과 후회를 남기지. 그런 면에서 죽음은 채워질 수 없는 부재이므로 인간에게 가장 큰 의미를 지니는 것이라고 생각한다. 너희 엄마의 죽음이 우리 가족에게 큰 의미를 가졌던 것처럼.

하지만 죽음에 근접한 나이가 될수록 죽음도 예전만큼의 무게를 가지지는 못하는 것 같구나. 그것이 나이가 드는 동안 다른 이들의 죽음을 많이 겪어 왔기 때문에 죽음이라는 사건에 대해 무감각해지는 것인지 아니면 죽음에 가까운 나이가 될수록 나의 죽음만이 중요할 뿐 남의 죽음에 대해서는 큰 관심을 기울이지 않게 되기 때문인지는 모르겠다. 다만 나이가 들수록 감각은 무뎌져 외부의 자극에 무감각해지고, 세상을 보는 시선은 점점 낮아지고 줄어들어 내면으로 향하게 되는 것만은 분명하다. 그런 시선을 통해서 나의 주변 사람들에 대해서도 다시 생각해 볼 기회를 가지게 되더구나.

며칠 전 밤에는 에이사 축제가 있어서 대부분의 사람들이 전통 복장으로 갈아입고 거리로 나왔다. 오키나와에는 우리나라 추석처럼 조상님을 모시는 날이 하루 있는데 이때 조상의 혼령을 배웅하는 춤을 에이사라고 한다. 에

이사 축제 중에서는 나하시에서 주최하는 축제와 오키나와시에서 주최하는 축제가 가장 크다고 한다. 여기는 사실 겨울철 휴양지여서 요즘은 국제거리에도 사람이 거의 없는데 그날은 많은 사람들이 나와 있었다. 나는 오키나와 전통 복장인 빙가타를 하나 빌려 입고 카즈네 가족과, 옆집 어르신 내외와 제퍼슨과 함께 축제를 구경했다.

일종의 퍼레이드를 하듯이 사람들이 무리를 지어서 북을 메고 북을 치면서 행진을 하고 있었다. 복장이 상당히 화려했는데 머리에는 원색의 두건을 두르고 상의는 반팔 위에 넉넉한 조끼 같은 것을 입고 있었다. 이 조끼에는 꽃무늬 같은 것이 프린트되어 있는지 수가 놓아져 있는지 하여튼 화려한 무늬가 있었다. 바지는 한복 바지와 거의 흡사했다. 원색의 끈을 이용해서 옆구리 쪽에 북을 메고 있었는데 춤을 추듯 큰 동작으로 팔을 움직이면서 구령에 맞추어 북을 쳤다. 거의 스무 명 되는 사람들이 동시에 북을 치면서 구령을 넣는데 상당히 절도가 있고 박력이 있어서 보는 사람에게까지 기운이 전달되는 것 같았다. 북이 쿵쿵 울릴 때마다 몸이 북의 거죽처럼 떨리는 것 같기도 하고 땅이 진동하는 느낌마저 들었다. 북이라는 악기에는 확실히 몸을 울리는 어떤 힘이 들어 있어서 혼령을 배웅하기에 적당한 악기라는 생각이 들었다. 북을 치는 사람들은 땀을 뻘뻘 흘리면서도 열심히였다.

그렇게 여러 팀을 보면서 국제 거리를 걷고 있는데 퍼레이드 무리에서 익숙한 얼굴이 보였다. 나는 혹시나 하는 생각으로 좀 더 자세히 보았는데 아무래도 맞는 것 같아서 제퍼슨에게 저 친구 혹시? 하고 가리켰더니 제퍼슨이 맞아요, 요시키에요, 하고 웃었다. 요시키는 눈에 힘을 잔뜩 주고 절도 있게 북을 치고 있었다. 평소에는 뇌가 없는 것처럼 느껴질 때도 있는 녀석인데 음악을 할 때만큼은 진지하다. 밴드를 한다면서 또 언제 이런 축제 연습까지 하고 있었던 것인지 모르겠다. 스케이트보드도 타고, 서핑도 하고, 밴드도 하고, 이런 축제까지 참가한 것을 보면 좋아하는 것을 위해서라면 나름대로 참 열심히 사는 친구라는 생각이 들었다. 그런 생각을 하면서 요시키를 유심히 보며 걷다가 앞을 제대로 보지 못했는데 그 바람에 누군가와 부딪히고 말았다.

나와 부딪힌 사람보다 그 사람과 함께 걷고 있던 꼬마가 우리가 누구인가를 먼저 알아본 것 같았다. 그 꼬마가 나와 부딪힌 남자를 바라보면서 손가락으로 쿄헤이를 가리키더니 아빠 얘가 걔에요, 저 조센징 할아범이랑 같이 사는, 하고 말했다. 사실 나는 그와 부딪힌 순간 이미 어떤 불길한 기운을 감지했다. 어깨를 부딪치고 고개를 돌려 그와 눈이 마주쳤는데 아주 고집스럽게 생겼다는 느낌이 들었기 때문이지. 머리는 짧은 스포츠머리였는데 눈 사이가 모여 있었고 코가 정확하게 화살표 모양이어서 그의 얼굴을 처음 보는 사람들은 반드시 그 코가 가리키고 있는 방향으로 시선을 줄 것만 같았지. 나도 역시 그의 코가 가리키고 있는 방향으로 아래쪽을 한번 바라보고는 시선을 다시 그의 얼굴을 향해 들어 올렸다. 그에게서 풍기는 기운이 아주 꼬장꼬장한 것이 변 냄새가 지독할 것 같은 인상이었다.

그는 내 뒤에서 내가 괜찮은지를 묻는 카즈 가족을 보자 다짜고짜 나에게 빠가야로, 하고 소리를 쳤다. 물론 북소리 때문에 그 소리가 그렇게 크게 들리지는 않았지만 나와 카즈에게 들리기에는 충분한 소리였다. 내가 미안하다고 사과를 했음에도 불구하고 그는 나에게 멍청한 조센징이 앞도 안 보이면서 무슨 서핑을 한다고 일본 땅을 밟고 있냐며 당장 한국으로 돌아가라고 소리를 질러댔다. 그러자 제퍼슨이 앞으로 나서면서 어이 당장 그 말 취소하지 않으면 당신 코가 가리키고 있는 이 땅 밑으로 당신을 말뚝처럼 박아버리겠어, 하고 인상을 썼지. 그러자 그 인간 뒤에서도 제퍼슨만큼이나 건장한 친구가 쓱 나서더니 아무 말도 하지 않고 팔짱을 끼면서 제퍼슨 앞을 막아섰다.

그 인간은 전혀 누그러지지 않은 기세로 이번에는 카즈에게 너 같은 인생 패배자 밑에서 배우는 인간이 저런 늙은이 조센징 밖에 더 있겠냐면서 실력도 보나 마나 뻔하겠다고 막말을 해댔지. 그러자 쿄헤이와 켄지가 갑자기 울음을 터뜨렸고 제퍼슨은 그 인간에게 달려들었고 그 인간 앞에서 있던 덩치가 제퍼슨을 붙잡았고 그 인간은 뭐라고 뭐라고 또 막말을 해대고 하여튼 순식간에 아사리판이 됐다.

그러자 카즈가 나섰는데 나는 언제나 껄껄 웃던 카즈의 인상이 그렇게 험악해지는 것은 처음 봤다. 카즈가 그 인간에게 너 같은 비겁한 벌레 밑에서도 서핑을 배우는 인간이 있다면 우리 실력을 보여주겠다고 하는데 마치 사자가 암컷을 차지하기 위한 싸움 직전에 상대방에게 위협적으로 으르렁거리는 것 같았다. 하지만 그 인간은 전혀 주눅 들지 않고 지금 자기도 외국인을 가르치고 있다며 11월에 있는 서핑대회 외국인부에서 누가 우승을 하는지 한번 두고 보자고 했다. 그때 마침 퍼레이드에서 북소리가 둥둥둥 하고 울렸는데 마치 영화에서 전쟁의 서막을 알리는 장면을 보는 것 같았다. 카즈가 좋아, 네 그 건장한 미군이 우리 실버서퍼에게 지면 다시는 이 오키나와에서 그 주둥이를 들고 다니지 못하겠지, 하고 대답했다. 나는 일이 뭔가 이상하게 흘러간다고 생각했지만 내가 끼어들 수 있는 분위기는 아니었다. 그렇게 그 인간은 11월에 두고 보자며 자신의 어깨로 카즈의 어깨를 일부러 툭 치고 지나쳐 갔는데 카즈는 그 인간이 시야에서 사라질 때까지 그 인간의 등을 노려보았다. 그 인간과 함께 북소리도 서서히 멀어져 갔다.

그가 사라진 후에 내가 카즈에게 저, 근데 그 대회에 참가하는 게 나인 건가? 하고 물어보았다. 그러자 카즈가 그때야 제정신이 들었는지 아 예, 죄송합니다. 의견도 여쭤보지 않고 그렇게 말해버렸네요. 제가 너무 흥분을 했어요. 어떡하죠? 죄송합니다. 혹시 11월에 서핑 대회에 나가 달라고 부탁드리면 너무 실례인가요? 하고 물었다.

사정을 들어보니 그 인간은 젊은 시절부터 카즈와 라이벌이었다는구나. 서핑 프로 입단이 걸린 대회에서 그 인간이 고의적으로 카즈와 부딪히는 바람에 카즈가 무릎 수술을 하게 됐고 카즈는 프로의 꿈을 포기할 수밖에 없었다고 한다. 그 일 때문에 카즈는 오키나와를 떠나서 오사카에서 영업일을 시작했다고 한다. 말하자면 원수 같은 존재겠지.

나는 내가 만약에 대회에 나간다고 해도 승산이 있는 건가? 하고 물었다. 그러자 카즈는 다시 이전의 그 웃는 얼굴로 돌아와 난쿠루나이사, 실버서퍼! 하고 대답했다. 나는 나를 바라보는 카즈의 얼굴과, 쿄헤이와 켄지의 얼굴과, 제퍼슨의 얼굴을 바라보았다. 거기서 무슨 말을 할 수 있었겠니. 한다고 해도, 안 한다고 해도, 잃을 것도 없고. 나는 어깨를 으쓱하고 한숨을 크게 쉰 다음 고개를 끄덕였다. 그렇게 11월에 열리는 오키나와 국제 항만 서핑 대회 외국인부에 참가하기로 되었다만 걱정이 태산이다. 또 편지하마.

2012. 6. 27.

아빠가

아버지에게 최고의 가치가 '안정'이라는 것을 깨닫게 된 것은 내가 대학교 졸업을 한 학기 앞둔 여름방학이었다. 이 사실을 배우기 위해서 나는 아버지와 일생 중 가장 크게 부딪혀야만 했었다. 여름 방학이 끝나는 대로 입사지원서를 쓰고 취업 준비를 시작해야 하는 시점이었다. 하지만 나는 대학을 다니면서 한 번도 휴학을 해 본 적이 없었기 때문에 한 학기 정도는 휴학을 하고 나에게 맞는 일을 찾아보고 싶었다. 그것을 굳이 부모님과 미리 상의하지는 않았다. 일단 원서를 내고 면접을 봐서 어떤 결과물이 생긴 후에 부모님과 상의를 해도 늦지 않을 것이란 생각이었다.

나는 여름방학 동안 원서를 쓰고 면접을 보러 다녔다.

초반의 결과는 비참했다. 인턴사원 면접은 그리 어렵지 않을 것이라는 느슨한 선입견을 가지고 면접에 임했던 것이 문제였다. 내 옆에 앉은 다른 네 명의 지원자들은 신입사원 면접과 다름없이 완벽하게 면접을 준비해왔던 것이다. 그들은 완벽한 정장을 입고 안녕하십니까, 저는 양보하는 리더가 되고 싶은 남자 000입니다, 하고 드라마에서나 볼 법한 일 분짜리 자기소개를 준비해왔다. 자신의 포부와 자신이 회사에 줄 수 있는 이점, 영어 면접 질문까지 완벽하게 대비하고 있었다. 그에 반해 나는 면바지에 니트를 입고 있었고, 준비된 대사는 아무것도 없었다. 나는 우연히도 가장 먼저 일분 자기소개를 하게 됐는데 다른 네 명의 자기소개가 다 끝난 후에는 심지어 면접관이 웃으면서 나에게 기회를 다시 줄 테니 옆 사람들처럼 한 번 해보겠냐고 묻기도 했다. 나는 쓴웃음을 지으며 사양했지만 그것이 내가 말할 수 있는 마지막 기회였다.

나는 친구들과 선배들을 만나서 면접을 잘하기 위한 조언을 받았고 할 수 있는 모든 것을 다시 준비했다. 단기간에 많은 것이 바뀔 리는 없었지만 최소한 외형적으로는 다른 사람들과 수준을 맞출 수 있었다. 그렇게 몇 군데에서 면접을 봤고 그중 한 군데에서 어렵사리 합격 통지를 받을 수 있었다. 전화로 합격 소식을 받았을 때 나는 대학교에 합격한 것만큼 기뻤다. 다만 한 가지 단점이라면 회사 규모가 작았고 무급이라는 점이었다. 하지만 당시에는 너무나 기쁜 나머지 반년 정도 무급으로 다니는 것은 문제가 아니라고 생각했고 이 기쁜 소식을 부모님에게 알려야겠다는 생각 밖에는 없었다.

사람들은 대부분 환상 속에서 살아간다. 내가 살고 있는 집은 세상 어느 곳보다도 안전할 것이라는 환상, 나의 가족들은 어떤 일이 있어도 나를 이해해 줄 것이라는 환상. 그런 환상은 대부분 그 환상을 깨는 어떤 사건이 일어나기 전까지는 환상이 아닌 것 같기도 하지만 그런 일이 발생하는 순간 사람들은 그것이 그저 환상이었음을 깨닫게 된다. 그렇게 한 번 깨진 환상은 다시 자신을 둘러싼 모든 현실이 사실은 환상이 아니었는지 의심하게 만듦으로써 사실마저도 환상으로 만들어버리곤 하는데 그날 밤이 나에게 바로 그랬다.

저녁식사를 마친 부모님이 식탁 앞에 앉아있었다. 된장찌개는 구수했고, 오이소박이는 시원했다. 어머니께서는 사과를 내오셨다. 나는 내가 무급 인턴직에 합격했음을 알리고 다음 학기를 휴학하고 인턴으로 근무할 생각인데 어떠냐고 물었다. 무급과 휴학이라는 단어를 말할 때 왠지 스스로 위축되는 것을 느꼈는데 내가 그 단어를 입 밖으로 내어 말하기 전까지는 이것이 내가 위축되어야 하는 상황이라는 생각을 전혀 하지 않았기 때문에 당황스러워지기 시작했다. 나의 말이 끝나는 것과 동시에 아버지의 얼굴은 급속 냉동 칸에 들어간 조기처럼 굳어졌고 어머니는 아차 하는 표정을 지었는데 그것은 마치 요리를 하다가 설탕을 넣어야 할 순간에 소금을 넣은 사람의 표정 같았다. 나는 두 분의 얼굴을 보는 순간 내가 진작 이런 상황을 예측하고 있었으며 그래서 오늘 하루 종일 부모님의 눈치를 보고 있었음을 깨달았다. 아니나 다를까 아버지는 뭐? 인턴? 네가 뭐가 모자라서 돈도 안 받고 인턴을 해? 그냥 빨리 졸업하고 취업이나 해! 하고 단칼에 나의 의견을 묵살했다. 어머니는 말없이 사과를 내려놓았다. 나는 적성을 알아보는 기회도 되고 회사도 관심이 가는 업종이기 때문에 좋은 기회가 될 것이다,라고 아버지를 설득해 보려고 했지만 아버지는 내가 첫 문장을 내뱉은 순간 이미 결론을 내린 것 같았다. 그 후에 내가 하는 어떤 이야기, 다른 친구들도 인턴을 하고 있고, 취업할 때도 경력으로 인정받기 때문에 큰 도움이 되고, 사실 요즘 인턴 한 번도 안 해본 애들은 회사에서도 잘 안 뽑아주고, 한 학기 정도 쉬는 것은 늦은 것도 아니고, 이 년씩 휴학하는 애들도 넘쳐나는 세상이고, 그만큼 취업이 어렵고 등등, 도 아버지의 귀를 막고 있는 고집을 뚫고 들어가지 못했다. 아버지의 귀에는 내가 하는 소리가 들리지 않았으므로 내가 제시하는 어떤 논리적인 이유도 논리적인 반박 없이 묵살되었는데, 때문에 나의 언성은 점점 높아졌고, 이야기는 비논리적인 방향으로 흘러갔으며, 얼굴은 비정상적으로 붉어졌다. 아버지는 이렇게 해서는 이야기의 결론이 나지 않겠다고 생각했는지 네가 그렇게 인턴을 하겠다면 집에서 나가서 해, 난 올해까지 밖에 네 생활비랑 등록금 대주지 않을 테니까, 하고 등을 돌렸다. 아버지가 그렇게 등을 돌리는 순간 나는 거대한 투명의 공기 장막이 아버지의 등과 나 사이에 솟아나는 것을 느꼈다. 집 안에 있는 공기란 공기는 모두 그 장막을 만들기 위해 쓰였으므로 나는 더 이상 숨을 쉬기가 힘들었고 더 이상 아버지를 만질 수도, 말을 걸 수도, 바라볼 수도 없게 되어 버렸다. 공기가 사라졌으므로 그 순간 이후의 어떤 소리도 나의 귀에 전달되지 않았고 어떤 느낌도 나의 피부로 전해지지 않았다. 처음으로 아버지에게 배신감이라는 감정을 배울 수 있었다. 그 순간 나는 부모님이라는 신앙을 버렸다.

나는 그 상황이 몹시 낯설고 당황스러울 수밖에 없었는데 그전까지 나는 나의 인생을 좌우할 수 있는 중대한 문제에 대해서 결정할 때 항상 부모님과의 상의를 통해서 서로가 이해하고 만족할 만한 결정을 해왔다고 생각했기 때문이다. 재수를 할 것인지 말 것인지 에서부터 어느 대학 어느 과를 갈 것인지, 교환학생을 갈 것인지 말 것인지 등 내가 합리적인 사고가 가능한 나이부터는 내 인생에 대해서 부모님과 상의하고 의견을 교환한 후에 결론을 내렸다고 생각하고 있었다. 하지만 이번에는 전혀 그렇지 않았으므로 나의 환상에 금이 가기 시작했다. 심지어 아버지가 이번에는 돈을 빌미로 나를 협박했다는 생각이 들었으므로 그전에 협의에 의해서 결정했다고 생각한 모든 것은 단지 나 혼자만의 상상에 지나지 않았다는 생각이 들었다. 그 모든 결정들이 사실은 우연히 내가 부모님과 같은 결정을 했기 때문에 아무런 문제가 없었던 것은 아닌가, 혹은 나도 모르는 부모님의 은근한 유도에 의해서 부모님의 의지대로 결정했던 것을 내가 협의에 의해 결정했다고 착각했던 것은 아닌가 하는 생각이 들었던 것이다. 그것은 내가 생각하고 있던 나의 가족의 이미지와는 전혀 다른 것이었고 그렇기 때문에 나는 큰 충격에 휩싸였다. 그 순간 나는 대부분의 상처받은 남자들이 그러하듯 방해받지 않을 수 있는 나만의 공간이 필요했다. 물론 그 공간에서는 아버지의 존재가 의식되지 않아야 했다. 하지만 집 안에는 그런 공간이 있을 리 없었다. 온 집안에서 아버지의 존재가 느껴졌다. 나는 책상 위에 놓여있던 지갑과 핸드폰을 들고 현관문을 거칠게 닫고는 집 밖으로 나와 버렸다.

나는 어렸을 적부터 스트레스를 받으면 격렬하게 뛰거나 움직임으로써 마음에 쌓인 앙금을 거친 숨으로 몰아내곤 했었다. 그날은 집 뒤 쪽에 있는 큰 공원으로 가서 몸이 부서질 듯 뛰었고 심장이 흉곽을 뚫고 튀어나올 때까지 뛰었다. 그리고 공원 한편에 세워져 있는 정자에 드러누워서 숨이 잦아들 때까지 누워있었다. 누워서 숨을 고르는 동안 아주 거칠고 버석버석한 덜 익은 숨 냄새가 났는데 나는 그 냄새를 맡으면서 아버지가 한 말을 생각하고 또 생각했다. 달을 보고 싶었지만 달이 보이지 않았고, 별을 보고 싶었지만 별이 보이지 않았다. 마음대로 되는 것이 없었다. 나는 대부분의 복수심에 불타고 궁지에 몰린 젊은이들이 그러하듯 아주 단순한 사고를 할 수밖에 없었다. 절대 아버지처럼 되지 않겠어. 어떤 면으로든. 그리고 무조건 빨리 돈을 벌어서 아버지로부터 독립하고 보란 듯이 내 맘대로 살겠어.

그 이후로 나는 전력을 다해서 취업을 했고, 월급을 받았고, 미친 듯이 일을 해서 야근수당을 받았고, 성과 보너스를 받았고, 원치는 않았지만 주말에도 회사에 나가서 특근수당을 받았다. 아버지와는 거의 마주치지 않았으며, 혹시 마주쳐도 대화는 거의 하지 않았으며, 혹시 대화를 해도 가능한 한 짧고 퉁명스럽게 했다.

열 번째 편지

나에게 가장 힘든 건 사실 근육 운동이 아니라 둥그런 공 위에 판자를 올려놓고 균형을 잡는 운동인데 그게 왜 이렇게 힘든지. 다리가 후들거려서 도대체 서있을 수가 없었다.

은주와 동현이에게.

요즘에는 팀원들과 함께 매일매일 연습을 하고 있다. 아침에 일어나서 하던 가벼운 운동이 이제는 정말 체력단련을 위한 훈련이 되었지. 대회가 몇 개월 남지 않은 상황에서 시작한 운동이 얼마나 효과가 있을지는 모르겠지만 안 하는 것보다는 낫지 않겠니. 카즈가 운동 프로그램을 짜서 가져다주었는데 거기에는 요일별 일과표와 운동 리스트가 적혀있었다. 내가 마치 태릉 선수촌에 들어온 태극전사가 된 느낌이었지. 아침에는 매일 모래사장 달리기를 하고, 월・수・금・일요일에는 턱걸이 3세트, 윗몸 일으키기 3세트, 공 위에 올린 판위에서 균형잡기 연습과 엎드려 있다가 일어서는 동작 3세트, 화・목・토요일에는 누워 있다가 일어서는 동작 3세트, 팔굽혀펴기 3세트, 앉았다 일어나기 3세트, 균형잡기 연습 등이 있었다. 젊은 시절에 본인이 훈련하던 것을 나에게 맞춰서 수정해서 가져온 것이라고 하더구나. 딱 보기에도 만만치 않아 보이긴 했지만 나는 카즈가 알아서 계획을 잘 세웠겠거니 하고 운동을 시작했다. 하지만 팔굽혀펴기도 그렇고 턱걸이도 그렇고 막상 해보려니 한 개가 제대로 안되더구나. 예전에는 그래도 어딘가에 힘을 주면 근육이 단단하게 팽창하는 느낌이 있었는데 지금은 힘을 줘도 근육이 실실 저려오면서 만족스럽지가 않은 게 소변발 힘이 떨어지는 것과 비슷한 느낌이지 뭐냐. 그래도 어쨌든 시작을 했으니 끝을 봐야겠지. 팔굽혀펴기는 무릎을 꿇고 하는 것으로 바꾸고 턱걸이는 카즈가 하체를 잡아서 도와주었다. 아무래도 턱걸이 같은 운동을 할 때는 나보다도 카즈가 땀을 더 많이 흘리는 게 나보다 훨씬 힘들어 보였다. 나에게 가장 힘든 건 사실 근육 운동이 아니라 둥그런 공 위에 판자를 올려놓고 균형을 잡는 운동인데 그게 왜 이렇게 힘든지. 다리가 후들거려서 도대체 서있을 수가 없었다. 카즈 말로는 균형감이 좋아야 방향 전환을 하거나 기술을 쓸 때 서프보드를 안정감 있게 조정할 수 있다는데 이게 도대체 운동이 되고 있는 건지 알 수가 없다. 어쨌든 첫날에는 이렇게 저렇게 궁리를 하고 서로 안고 들고 하면서 운동을 했더니 나중에는 둘 다 녹초가 되어 버렸지. 운동을 끝내고 모래사장에 누워 씩씩거리면서 카즈가 내일부터는 제퍼슨과 요시키도 불러야겠다고 죽는 소릴 했다. 하긴 그대로 매일 했다면 나보다 먼저 골병이 드는 쪽은 카즈였을지도 모르겠다. 그렇다고 해서 내가 멀쩡했다는 건 물론 아니다. 첫날에는 운동을 끝내고 났더니 팔다리가 양념에 절인 파절이 마냥 흐늘흐늘해져서는 내 사지가 내 것이 아닌 것 같았다. 분명히 나는 걷는다고 다리를 들어 올렸는데 발등이 모래바닥에 질질 끌렸지. 팔을 들어 올릴 때도 춤 동작을 연구하는 무용수처럼 어깨, 팔꿈치, 손목 순으로 서서히 들어 올려야만 팔을 올릴 수 있었다.

그렇게 어렵게 겨우겨우 아침을 먹으면 오전에는 바다에 나가서 서핑을 한다. 이때도 나에게 파도를 잡는 것보다 더 어려운 건 파도를 보고 재빨리 서프보드의 방향을 돌리는 일이다. 남들은 제 몸 돌리듯 휙휙 잘만 돌리던데 어째서 내 보드만 바다에 접착제라도 붙여놓은 듯 돌아가지가 않는지 원망스럽다. 카즈는 그런 것에 너무 신경 쓰지 말고 파도를 보는 눈을 키우는 것이 중요하다고 하기는 하는데 카즈가 파도를 잘 골라줘도 준비 동작이 늦으니 자꾸 파도를 놓쳐서 기운이 빠진다. 한 번 좋은 파도가 지나가면 다시 그런 좋은 파도가 오는 데는 또 한참 걸리거든.

그렇게 오전 연습까지 마치고 돌아오는 차에서는 물론, 오후 내내 거의 실신 지경으로 잠에 빠진다. 잠에 들어 있는 중에도 팔이나 다리가 내 의지와 상관없이 꿈틀 꿈틀하고 발작을 일으키는 바람에 깜짝 놀란 적도 있지만 눈이 떠지지는 않는다. 나는 다만 으으으이구, 혹은 아흐흐흐흐 하는 신음 소리를 내면서 몸을 뒤척일 수 있을 뿐이다. 그렇게 한동안 오후라는 시간은 나의 삶에서 사라졌지. 아이들이 학교에서 돌아오면 할아버지 또 자? 하고 나오코상에게 묻는 소리가 들리는데 잠을 자고 있지 않아도 눈꺼풀이 접착제로 붙여놓은 것처럼 눈을 뜰 수가 없었다.

며칠 전 오후에는 아이들이 집 안을 뛰어다니는 소리에 눈을 떴다. 밑에서 나오코상이 저녁을 만들고 있는지 뭉근한 육수 냄새가 스멀스멀 집 안을 채워나가고 있었지. 아이들 소리에 힘겹게 눈을 뜨기는 했는데 역시나 그날도 아침내동 낑낑거리며 운동을 한 탓인지 온몸이 몽둥이로 두드려 맞은 것 같고 팔다리에는 납덩어리가 매달려 있는 것처럼 사지가 무거워서 한동안 몸을 일으키지 못했다. 나는 이불에 누운 채로 으으으으, 으으으으 하고 얕은 신음소리를 내며 기운을 차리고 있었지. 계속해서 아이들이 자기들끼리 재잘거리며 쿵쾅거리는 소리가 계단을 타고 올라왔다. 그날은 내가 잠들어있던 사이에 한차례 비가 쏟아지고 개었던 모양이었는지 구름 사이로 유난히 붉은 해가 창문을 진하게 물들이고 있었는데 나는 벌써 일 년 가까이 지내온 이곳이 문득 낯설게 느껴졌다. 밖에서는 바람에 흔들리는 나뭇잎 소리처럼 파도 소리가 퍼지고, 이따금 새들처럼 지저귀는 아이들 소리, 슬쩍 눈을 뜨고 고개를 돌아보면 나는 다다미방에 누워 있고, 이층 창밖으로 펼쳐진 푸른 바다와 얼룩덜룩 붉게 물든 하늘. 평생 도시에서 살아온 내가 지금 어디 있는 것인지 혼란스러웠다. 하지만 나쁘지 않은 느낌이었다. 사실 나쁘지 않았다는 말은 정확하지 않은 표현일지도 모르겠다. 그 느낌은 뭐랄까. 내가 투명해지는 느낌이었는데 영혼이 맑아지고 있다는 느낌이 들었다. 이대로 영혼이 점점 맑아져서 이 세상에서 사라지는 것은 아닐까 생각했지. 너희 엄마가 시골 고향을 그렇게 좋아했던 이유가 이런 느낌 때문이었는지도 모르겠다. 고향은 또 고향으로서의 느낌이 있는 것이니까 나처럼 이런 생경한 초록의 느낌은 아니었을지도 모르지. 그래도 이런 비슷한 느낌이 주는 에너지 때문인 것만은 확실하다고 생각했다.

그래도 몇 달을 꾸준히 운동을 계속했더니 몸이 좀 익숙해졌는지 요즘엔 기운도 더 붙는 것 같고 덜 힘들다. 다 내추럴 서프 팀원들 덕분이지. 카즈도 많이 도와주었지만 제퍼슨이 특히 많은 도움을 주었다. 이 친구가 집 안에서도 운동할 수 있는 기구라면서 내가 예전에 부산에서 혼자 생활할 때 사용하던 운동기구 비슷한 것을 구해다 주기도 하고 운동할 때 쓰는 밴드며 아령 같은 것을 잘도 구해오더구나. 사업을 한다더니 역시 수완이 좋은 친구다.

제퍼슨과 함께 다니는 시간이 늘어서 그런지 이제는 제퍼슨과 함께 다니면 사람들이 누가 흑인인지 모르겠다는 농담을 하곤 한다. 안 그래도 요즘에 시내에 나가면 관광객으로 보이는 사람들이 영어로 말을 거는 경우가 종종 있다. 아마 나를 동남아 사람이 관광 온 것으로 보았던 모양이지. 그러면 나는 웬만하면 그냥 일본어로 대답을 하거나 한국 사람인 경우에는 한국말로 대답을 하곤 한다. 그럴 때는 말투가 별로 곱게 되진 않지. 그래도 내 얼굴이 동남아 계통은 아니잖니. 사람을 어떻게 보고. 그런 일이 몇 번 있고 나서 집에 와서 거울을 보니 정말 얼굴과 손등이 많이 타긴 했다. 서핑 할 때는 반바지와 긴팔을 입었더니 손은 손등만 마치 가죽 장갑이라도 낀 것처럼 검고 손목 위부터는 하얗게 되었다. 다리야 여기서는 거의 항상 반바지를 입으니까 상관없지만 상의는 반팔을 입는 날도 있는데 이제는 반팔을 입어도 사람들이 장갑을 끼고 다니는 줄 알 것 같구나. 서핑 할 때는 항상 시작하기 전에 선크림을 바르는데도 원체 파도에 쓸려 다니다 보면 금세 씻겨나가기도 하고 한 번 바다로 나가면 다시 선크림을 발라야 한다는 사실을 잊어버리기도 해서 다시 바르기가 쉽지가 않다. 카즈는 이미 피부가 많이 그을려진 상태라서 그런지 피부색이 거의 변함이 없는 것 같았다. 지난번에 카즈에게 물어봤더니 살이 타는 건 서퍼에게 굳은살 같은 거라서 별 수 없다고 하긴 하더라. 좀 더 고수가 되면 얼굴에

물을 많이 묻히지 않고도 파도를 탈 수 있게 되기 때문에 아무래도 좀 덜 타긴 한다고 귀띔해 주기도 했다. 이제 나도 웬만한 파도는 잡아탈 줄 알게 되었으니 피부가 좀 덜 고생을 할지도 모르지.

얼마 전에는 한국에서 서핑 관련한 블로그를 하고 있다는 젊은이를 우연히 만났었다. 어느 게임 회사에서 프로그래밍을 하고 있다고 했다. 삼 년 전인가 여자 친구와 헤어지면서 주말 시간이 많이 남아서 서핑을 배우기 시작했는데 요즘에는 주객이 전도되어서 주중에도 매일 파도 차트와 서핑 포인트 정보만 들여다보고 주말 파도에 따라서 주중 컨디션이 정해질 정도로 삶의 중심이 서핑으로 바뀌었다고 하더구나. 그날은 파도가 오는 시간이 잘 맞지가 않아서 한 시간 정도만 파도를 타고 나왔는데 그 친구가 마침 한국에서 가져온 라면이 있다면서 해변에서 라면을 끓여주었다. 보글보글 끓는 물에 면과 라면 스프가 들어가서 일으키는 거품이 반가웠지. 게다가 그 냄새. 그렇게 라면을 많이 먹어 왔으면서도 화학조미료가 입에서만 맛을 내는 것이 아니라 콧속에서도 맛을 낸다는 걸 그때 나는 처음 느꼈다. 오랜만에 한국 라면을 먹으니 그 그리웠던 얼큰한 맛에 눈물이 다 날 지경이었다. 서핑을 하고 나서 배가 고팠던 탓이기도 하고 차가운 바다에 있다가 나와서 뜨끈한 국물이 그리웠던 탓이기도 했겠지. 그동안에는 오키나와 음식이 입맛에 맞아서 한국 라면 같은 건 먹어도 그만 안 먹어도 그만이라고 생각했었는데 그날 라면을 먹어보니 역시 한국 사람은 라면 없이는 살 수 없을 것 같다는 생각이 들었다. 라면을 발명한 사람에게는 노벨상이라도 주어야 하는 것 아니냔 말이다. 제퍼슨이랑 요시키가 냄새 좋다면서 모여들기에 한 입씩 줘봤는데 다들 무슨 화산이라도 집어삼킨 듯 캑캑 거리면서 맵다고 난리들을 치더구나. 내가 한국 라면 안 먹어봤냐고 핀잔을 주었더니 여기서 파는 것보다 더 맵다고 엄살을 떨었다. 나는 그 날로 당장 대형 마트로 가서 라면을 몇 개 샀는데 뭔가 맛이 한국에서 먹던 맛과는 달랐다. 라면의 생명은 얼큰함인데 여기서는 그 얼큰함을 죄다 죽여 버린 라면을 팔고 있었지. 그러니까 세계화니 어쩌니 하는 게 다 정체성을 망치는 유령이라는 소리를 듣는 게지. 한국에서 신라면이나 한 박스 보내다오.

여하튼 라면을 먹으면서 그 젊은 친구와 이런저런 이야기를 나누었다. 그 친구는 한국에서는 서핑에 대한 정보를 얻기가 너무 어렵고 서핑이 스노보드처럼 대중 스포츠가 아니다 보니 서퍼들에 대한 인식 자체도 없고 배려 시설도 없다면서 열변을 토하더구나. 그래서 서핑 저변 확대를 위해서 본인이 직접 블로그를 운영하는 중이라고 했다. 그 밖에도 마음이 맞는 친구들이 몇 명 있어서 단체 같은 것을 만들어서 활동할 준비도 하고 있다고 했다. 예전 같으면 한국의 그런 젊은 친구들과 이야기를 할 기회도 없었을뿐더러 인터넷이 어쩌고 정보 공유가 어쩌고 하는 이야기를 하면 더 이상 대화하기가 힘들었을 텐데 어쨌든 서핑 이야기를 하니까 관심이 가기도 하고 이야기가 잘 이어졌다. 내가 서핑을 처음 시작했을 때 전문용어를 못 알아들었던 이야기나 조류 때문에 바다에 빠져 죽을 뻔한 이야기를 했더니 자기도 비슷한 경험이 있다면서 무척 좋아하더구나. 나중에는 카즈 가족 이야기도 하고 제퍼슨이나 요시키 이야기를 하기도 했다. 그 친구가 혹시 한국에 돌아가면 나랑 만난 이야기와 사진을 자기 블로그에 올려도 되냐고 묻기에 내가 무슨 이야깃거리가 되겠나 했는데 여하튼 뭐 별거 있겠나 싶어 그러라고 하고는 헤어졌다.

요즘은 새벽부터 오전까지 운동을 하고 연습을 하느라고 옆집 어르신 내외를 거의 찾아가지 못했었다. 얼마 전에는 내가 혼자 집 앞 해변에서 오전 연습을 마치고 보드를 들고 옆집을 지나가고 있었는데 할머니가 황급하게 뛰어나오시는 것이 보였다. 할머니는 신발도 신지 않으신 채였다. 할머니는 나를 보더니 뛰어오셔서 내 팔을 잡으시면서 우리 남편 좀 살려달라고, 살려달라고 하시면서 나를 잡아 끄셨다. 나는 깜짝 놀라서 열린 문안으로 뛰어 들어갔는데 열린 문 바로 옆쪽에 할아버지께서 쓰러져 계셨다. 나는 그날 연습으로 몸이 몹시 피곤한 상태였는데 쓰러진 할아버지를 보자 갑자기 다시 심장이 격렬하게 뛰기 시작했고 링 위에 올라 펀치를 맞아도 아픈지 모르는 파이터처럼 아드레날린이 분비되는 것 같았다. 나는 할아버지를 포옹하듯이 앞으로 안아서 문밖에 있는 할아버지의 트럭까지 옮겼다. 할아버지는 거의 의식을 잃으신 채로 입을 벌리고 침을 흘리고 계셨다. 나는 가장 가까운 병원으로 할아버지를 모셔갔다. 운전하는 틈틈이 할아버지 정신 차리세요, 할아버지 정신 차리세요, 하고 할아버지의 의식을 돌리려고 애를 썼고 할머니는 옆에서 할아버지의 손을 쓰다듬으면서 아이고, 아이고 하고 계속 눈물을 흘리셨다.

응급실에 도착하고 나서야 할머니는 할아버지와 잠시나마 떨어져서 눈물을 멈추실 수 있었다. 내가 할머니께 여쭤보니 원래 혈관이 좋지 않으셨던 할아버지에게 뇌졸중이 온 것 같았다. 전에도 가끔씩 몸이 마음대로 움직이지 않는 징후들을 겪으셨던 할아버지는 이번에도 몸에서 신호가 오자 급하게 집으로 돌아오셨던 모양이었다. 하지만 집으로 돌아오시는 길에 이미 몇 차례 넘어지시고 집이 어디인지 정확히 기억이 나지 않아 집으로 돌아오시는 데에도 많은 시간이 소요된 것 같았다. 천만다행으로 집까지는 찾아오셨지만 대문을 여는데 또 오랜 시간 고생을 하셨다는구나. 문 앞에서 뭔가가 한참을 달그락거리기에 할머니는 떠돌이 개가 대문을 긁는 것인 줄 알고 신경을 쓰지 않으셨는데 조금 있으니까 할아버지가 문을 열고 들어와서는 문 앞에 쓰러지셨다는 것이다. 할머니는 계속해서 오늘 영감을 내보내지 말았어야 했는데, 내보내지 말았어야 했는데, 하고 같은 말을 몇 번씩 반복하시며 눈물을 보이셨다. 내가 괜찮다며 금방 퇴원하실 거라고 걱정하지 마시라며 할머니를 안아드렸다. 그런 할머니를 보니 너희 할머니가 생각나기도 하고 쓰러지신 할아버지가 너희 할아버지처럼 느껴지기도 해서 나도 그만 눈물이 났다. 할아버지께서 빨리 쾌차하셔야 할 텐데 걱정이다. 또 편지하마.

2012. 9. 1.

아빠가

내가 어렸을 때 나는 대부분의 내 또래 아이들이 그러하듯 아버지를 무서워하는 편이었다. 아버지는 대부분의 시간을 나와 함께 하지 않았지만 함께 하지 않음으로 해서 그에게 필요한 권위를 획득했다. 어린 시절의 아버지는 나에게 낯선 존재였고, 낯설었으므로 신비했고, 신비했으므로 권위가 있었다. 게다가 아버지는 내가 잘못을 저지를 때면 종종 농담인지 진담인지 구분할 수 없는 말투로 한 번만 더 그러면 어렸을 때처럼 거꾸로 매달아서 발바닥을 때려주겠다고 으름장을 놓곤 했다. 사실 나에게는 거꾸로 매달려서 발바닥을 맞은 기억이 전혀 없었다. 하지만 아버지는 항상 이 이야기를 언급했고 나는 마침내 내가 정말 그랬던 적이 있다고 믿게 되었다. 심지어는 내가 정말 그렇게 발바닥을 맞는 장면을 머릿속에서 아주 사실적으로 상상해 냄으로써 그 상상을 기억의 일부분으로 받아들이게 되었다. 그렇게 곁에 있지 않을 때마저 권위를 획득했던 아버지가 가장 약해 보이던 순간이 있었다.

아버지의 눈물을 보았던, 아니 들었던 날을 나는 기억하고 있다. 내가 고등학교 2학년이던 어느 날 밤이었다. 아버지는 그 무렵부터 부산 생활을 정리하고 서울에서 함께 생활하기 시작했다. 그리고 다른 아버지들과 다름없이 퇴근이 불규칙했다. 반면 나의 생활은 규칙적이었다. 나는 학교에 다녀와서 간식을 먹고 학원에 갔다가 간식을 먹고 도서관에 다녀와서는 간식을 먹고 잠이 들었다.

아버지와 함께 산다는 것은 겉으로 보기에는 아무런 변화도 없는 일이었다. 한 가지 눈에 띄는 변화라면 매일 아침 식사시간에 아버지와 함께 식사를 했다는 것뿐이었다. 하지만 아버지와 함께 산다는 것은 그때까지 아버지와 함께 살지 않았던 나에게는 심리적으로 매우 불편한 일이었다. 아버지가 매일매일 집에 들어온다는 사실만으로도 나는 심리적인 압박감을 느끼고 있었던 것이다. 그것은 마치 침팬지 무리에서 우두머리 격인 침팬지가 두 마리 생겨버린 꼴이었다. 나는 그 두 마리 중 힘이 약한 침팬지에 속했으므로 아버지라는 강한 침팬지의 등장에 상당한 위협과 위화감을 느꼈던 것이다. 나는 이런 것이 아버지라는 존재가 가지는 무게감 혹은 권위라는 것이구나 하고 막연하게 느끼고 있었다.

어느 날 나는 새벽녘에 아버지가 들어오는 소리를 들었는데 아버지는 술을 매우 많이 마신 것 같았다. 아버지는 현관에서부터 요란한 소리를 내면서 들어왔다. 아버지가 쿵쾅거리며 문을 여닫는 소리에 나는 어렴풋이 잠에서 깼다. 곧 조용해질 것이라는 나의 예상과는 달리 아버지는 집으로 들어와서도 목소리를 낮추지 않았다. 아버지는 처음에는 낄낄낄 하고 웃더니 다음에는 그 회장 아들 녀석이 어쩌고, 그놈들이 뭘 안다고 어쩌고 하고 큰소리를 냈다. 나는 뭔가 수상한 기운을 감지하고 방문 쪽으로 몸을 돌리고 아버지가 하는 이야기에 귀를 기울이기 시작했다. 그리고 내가 이십 년을 어쩌고, 어떻게 지들이 나를 어쩌고 하는 아버지의 소리가 들렸고 곧 웃는 것 같기도 하고 우는 것 같기도 한 소리가 들렸다. 나는 태어나서 그때까지 아버지가 우는 소리를 들어본 적이 없었기 때문에 그것이 우는 목소리인지 웃는 목소리인지 구별하는 데는 시간이 필요했다. 곧 아버지가 사랑하는 우리 은주, 동현이 어쩌고 하는 소리와 함께 내 방으로 향하는 발자국 소리가 들렸고 어머니가 애들 내일 일찍 일어나야 하는데, 하면서 아버지를 말리는 소리가 들렸다. 나는 그때야 아버지가 회사에서 퇴직을 당한 것이라는 대강의 스토리를 이어 붙일 수 있었고, 아버지가 울고 있다는 것을 확신할 수 있었다. 그러자 그때 갑자기 내 가슴속에서도 뭔가 울컥하는 것이 치밀어 올랐다. 아버지가 곧 방문을 열 것 같기도 했고 혹시라도 내가 우는 모습을 보이면 안 될 것 같다는 본능적인 직감 때문에 나는 이불을 꼭 움켜쥐고 이불을 머리끝까지 끌어올렸다. 그와 거의 동시에 드르륵 소리를 내면서 미닫이문이 열렸다. 이불 위로 빛이 새어 들어왔다. 나는 꼼짝 않고 자는 척을 했다. 숨도 참았다. 그럴수록 자꾸 눈물이 차올랐다. 계속 숨을 참았다. 덥고 답답했다. 눈물이 눈가 끝에 맺혀 대롱거렸다. 아주 조금씩 숨을 내쉬었다. 천년 같은 시간이 더디게 흘렀다. 조용하던 아버지가 마침내 긴 한숨을 내쉬었다. 자는구나 녀석.

드르륵 다시 방문이 닫히는 소리가 들렸다. 주르륵 눈물이 뺨을 타고 흘렀다. 나는 소리 나지 않게 조심스럽게 얼굴을 가렸던 이불을 내렸다. 손으로 눈물을 닦았다. 벽 쪽으로 돌아누워 몸을 웅크렸다. 귓가에 아버지의 긴 한숨 소리가 맴돌았다. 그의 삶의 무게만큼 무거운 한숨 소리. 그의 삶과 어머니의 삶과 누나의 삶과 나의 삶의 무게를 합친 것만큼 무거운 한숨 소리. 아버지가 휘청이고 있었다. 이제는 저 무게를 나누어 가져야 할 시간인지도 몰라. 생각만으로도 숨이 막혔다. 태어나서 처음으로 가위에 눌렸다.

열한 번째 편지

나는 앞쪽으로 미끄러졌고 상대는 뒤쪽으로 몸을 틀었는데 뭔가를 어떻게 해볼 사이도 없이 우리는 충돌했다. 텅~ 하는 소리가 난 것 같았는데 나는 그게 어떤 소리인지 확인할 겨를도 없이 물속에 처박혔다.

은주와 동현이에게.

이제 대회가 한 달 정도밖에 남지 않았다. 매일 연습을 하긴 하는데 마음이 급하기도 하고 실력이 잘 늘지 않는 것 같아 조바심이 난다. 내가 불안해하고 있는 것을 보고 카즈가 재미있는 곳에 데려다주겠다고 나를 데리고 나왔다. 카즈가 나를 데리고 나온 것이 저녁때여서 나는 요시키가 연주하는 바나 제퍼슨이 일하는 이에섬에 있는 가게에 데리고 가려고 하는 줄 알았는데 의외로 카즈가 차에 서핑 장비를 싣고 있었다. 나에게도 서핑 장비와 옷을 챙기라고 하더니 야간 서핑을 하러 가자고 했다. 그래서 내가 이제 낮에만 연습하는 걸로는 모자라다는 생각이 드나 보지, 하고 물었더니 카즈가 껄껄껄껄 웃으면서 뭐든 연습이 될 수 있겠죠, 하고 말했다.

도로에 가로등이 많지 않아서 나는 어디로 가고 있는지 파악하기가 힘들었다. 똑같은 장소라도 어째서 밤에 보는 것과 낮에 보는 것이 그렇게 다른 건지 모르겠다. 하지만 그날은 카즈가 나를 데려가려고 하는 장소가 보이기 전부터 저기 어디쯤이겠구나 하고 느낄 수 있었다. 그동안 카즈와 함께 여기저기 다니면서 감이 생겼기 때문이면 좋았을 텐데 사실은 밤이라 멀리서부터 소리가 들려왔기 때문이지. 그곳에 도착해서 우리도 다른 사람들이 해놓은 것처럼 차의 서치라이트가 해변 쪽을 향하도록 해놓고 차에서 내렸는데 거리가 멀어서 해변까지 환하게 비추지는 못했다. 하지만 해변에 작은 모닥불을 피워놓고 여러 사람들이 모여 앉아있는 모습이 보였고 벌써 분위기가 시끌시끌한 게 느껴졌지. 앉아있는 사람들은 머리며 목이며 팔에 형광 팔찌 같은 것을 여러 겹으로 묶고 있었고 바다에는 벌써 사람들이 나가 있는지 여기저기 형광색 띠들이 둥둥 떠다니고 있었다. 바다에 떠 있는 서프보드 중에는 자동차처럼 앞뒤로 불이 나오는 헤드라이트를 설치한 것도 있었고 야광 해파리처럼 서프보드 자체가 빛을 내는 것도 있었다. 까만 바다 위에서 색색깔로 빛나고 있는 보드들을 보니까 레이저 쇼를 보는 것 같았다. 내가 카즈에게 밤에 저렇게 타면 위험하지 않냐고 물었는데 카즈는 밤에는 바람이 더 세서 파도가 더 좋다고 좋아했다. 원래는 밤에 혼자 타게 되면 어떤 일이 생겼을 때 구해줄 사람이 없으므로 위험하지만 이렇게 한 번씩 파티식으로 사람들끼리 모여서 타게 되면 크게 위험하지도 않고 탈만하다고 하더구나. 서퍼들끼리는 형광 띠로 구분이 되기 때문에 부딪힐 위험도 별로 없다고 했지.

나와 카즈도 목과 팔에 형광 띠를 두르고 바다로 나가

보았다. 밤바다에서 서핑을 하는 것은 그때가 처음이었는데 바다색이 낯선 검은색이어서 그런지 꼭 서핑을 처음 하는 사람처럼 조심스러웠다. 멀리 나가면 위험해질 수 있기 때문에 해변에서 가까운 쪽에서 파도를 탔는데 바다와 하늘의 색이 다르지 않아서인지 낮에 타는 것과는 다르게 공중을 나는 것처럼 느껴졌다. 나는 안경을 낄 수도 없어서 멀리서부터 오는 파도를 잘 볼 수가 없었기 때문에 조금 작은 파도를 탔다. 카즈는 큰 파도도 곧잘 잡아탔는데 내가 어떻게 하면 이렇게 보이지도 않는 곳에서 큰 파도를 잡아탈 수 있냐고 물었더니 카즈가 원리는 같아요. 서핑과 인생은. 귀를 기울이고 때를 기다리는 거죠. 직감을 믿어야 해요. 직감을 믿는다는 건 나를 믿는다는 거고 내 삶을 믿는다는 거고 내 노력을 믿는다는 거죠. 그래서 우리는 연습하는 거예요. 몸은 우리가 생각하는 것보다 더 많은 것을 알고 있죠, 하면서 나에게 귀를 기울여보라고 했다. 귀를 기울이면 멀리서 에너지가 밀려오는 소리가 들릴 거라고 했지. 나는 내 밑으로 출렁이며 지나가는 파도 위에 앉아서 귀를 기울였다. 눈을 뜨고 있어도 어차피 파도가 보이지 않았으므로 눈을 감고 있는 것이나 마찬가지였지. 파도에 따라서 몸이 출렁거릴 때마다 고개가 덜그럭 거렸다. 한동안 조용히 집중을 하니 소리가 들리는 것도 같았다. 소리라기보다는 솜털에 느껴지는 바람 같은 것이었는지도 모른다. 하지만 어느새 나는 파도의 리듬에 맞춰 승마를 하듯이 몸을 위아래로 조금씩 움직이며 균형을 잡을 수 있게 되었지. 멀리서 큰 파도가 오는 소리를 들을 수는 없었지만 그것만으로도 만족스러운 경험이었다. 뒤에서 펑하고 뭔가가 터지는 소리에 고개를 돌려보니 해변에서 불꽃놀이를 하고 있었다. 나와 카즈는 서서히 해변으로 헤엄을 쳐서 모래사장에서 맥주를 마시고 있는 제퍼슨과 요시키와 합류했지. 요시키가 나를 보더니 역시 실버서퍼는 밤바다에서 형광 팔찌가 아니더라도 잘 보여요, 하면서 내 머리카락을 가리켰다. 그러자 제퍼슨이 그러게. 누가 실버서퍼인지 맞추는 내기를 하려고 했는데 영 내기가 돼야 말이지, 하고 웃었다.

다음 날에는 바로 제퍼슨과 요시키와 함께 북부 쪽으로 파도를 타러 갔다. 바람이 많이 부는 날이어서 차를 타고 가면서 창문을 열어두었더니 창밖에서 차 안으로 붕붕하고 들어오는 바람 때문에 요시키가 말하는 소리가 잘 안 들릴 정도였다. 바다에 도착하니 가슴 높이의 파도가 일어나 우리에게 인사하는 것이 보였다. 파도타기에 좋은 날이었지. 우리 말고도 사람들이 많이 나와 있었다. 좋은 파도가 있다고 하면 어떻게든 그렇게 귀신같이 알고 나타

나는지 모르겠다.

실제 바다로 나가보니 밖에서 보는 것보다 파도의 크기가 커서 조금 놀라기는 했지만 그날은 왠지 컨디션이 좋아서 충분히 잘 탈 수 있을 것 같았다. 그리고 실제로 힘없는 파도보다는 힘이 있는 파도가 더 타기 쉬웠기 때문에 나는 제퍼슨과 요시키와 함께 파도가 시작되는 라인까지 헤엄쳐 갔다. 처음 몇 번은 어깨가 굳어있던 탓인지 패들의 힘이 모자라서 몇 개의 파도를 놓쳤지만 그 이후부터는 그리 어렵지 않게 파도를 탈 수 있었고 그때부터는 사이드로 타면서 파도를 타고 내려갔다가 다시 치고 올라가는 동작을 연습했다. 나는 아직 그 동작에 익숙하지 않았기 때문에 살짝 긴장을 한 상태였지. 제퍼슨과 요시키는 내 뒤쪽 방향에서 파도를 타고 있었는데 그들은 언제나 그랬던 것처럼 슥슥 하고 몇 번의 패들만으로 손쉽게 파도를 타고 왔다 갔다 했다.

시간이 좀 지났을 때 제퍼슨과 요시키가 조금 지루했는지 내기를 제안해 왔다. 이 녀석들은 항상 시도 때도 없이 시시껄렁한 내기를 생각해 내곤 하는데 그것도 재주라면 재주겠지. 그날은 같은 자리에서 파도를 타서 누가 옆으로 더 멀리 가는지를 가지고 내기를 했다. 룰은 간단하지만 파도를 볼 줄 아는 눈이 필요했다. 서핑을 하는데 가장 중요한 것은 파도를 볼 줄 아는 눈이다. 그리고 그것은 오랜 시간의 경험과 훈련이 필요한 일이지. 카즈가 말한 것처럼 자연을 읽는다는 건 결국 경험이 쌓여야 가능한 일이 아니겠니. 그렇기 때문에 서퍼들은 아무리 경력이 오래되고 기술이 좋은 사람이라도 로컬 서퍼들에게 예의를 표하고 조언을 받는다.

제퍼슨, 나, 요시키 순으로 파도를 타기로 했다. 첫 파도를 타자마자 제퍼슨은 거의 20m 이상을 간 것 같았다. 내가 경력이 제일 떨어지기는 하지만 그래도 지는 것은 별로 달가운 일이 아니었으므로 나도 마음을 단단히 먹고 준비를 했다. 요시키와 함께 고른 파도를 타기 위해서 힘차게 패들을 하고 일어섰지. 긴장을 해서 그런지 그때는 아무 소리도 들리지 않았다. 파도에 올라타서 서프보드의 방향을 바꾸려고 하는데 그제야 뒤에서 다급한 외침 소리 같은 것이 들리기 시작했다. 누군가 내 이름을 불렀고 옆에! 옆에! 하는 소리가 들렸지. 내가 하체를 고정시키고 시선을 이동해야 할 방향으로 돌렸을 때 마치 물속에서 솟아오른 것처럼 내 바로 앞에서 또 다른 서퍼가 튀어나왔지. 나는 당황해서 몸을 돌리려 했고 상대도 마찬가지였다. 나는 앞쪽으로 미끄러졌고 상대는 뒤쪽으로 몸을 틀었는데 뭔가를 어떻게 해볼 사이도 없이 우리는 충돌했다. 텅~ 하는 소리가 난 것 같았는데 나는 그게 어떤 소리인지 확인 할 겨를도 없이 물속에 처박혔다. 부딪힐 때까지는 굉장히 다급하고 소란스러웠는데 물속에 빠진 순간에는 잠시였지만 아주 평화로운 기분이 들었다. 그리고 잠시 후에 제퍼슨과 요시키가 나를 건져 올렸는데 나는 아직도 물속에 있는 것처럼 멍한 느낌이 들었고 그들이 나를 부르는 소리가 아주 멀리서 들려오는 것 같았다. 어떻게 물 밖으로 나왔는지는 잘 기억이 나지 않는데 제퍼슨과 요시키가 나를 싣고 나왔겠지. 그리고 그들이 내 몸을 수건으로 닦아주었다. 눈 위쪽에서 계속 물이 흐르는 느낌이 들어 좀 닦아달라고 손으로 눈썹 쪽을 가리켰는데 제퍼슨이 내 손을 보았는지 얼른 수건을 그 자리에 댔다. 그런데 그곳을 닦는 것이 아니라 꽉 눌러댔다. 엄청나게 아파서 순간적으로 욕을 한 것 같은데 한국말로 했으니 아마 제퍼슨은 못 알아들었겠지. 그래도 센소리 발음이었으니까 대충 좋지 않은 말이라는 것은 알았을지도 모르겠다. 주변 사람들이 시끌시끌해서 별다른 소리를 듣지 못한 것 같았는데 어느새 응급차가 도착했고 나는 병원으로 실려 가서 눈썹 위를 여섯 바늘 꿰매야 했다.

그리고 집에 돌아와서는 나오코상에게 신세를 져야 했고 제퍼슨과 요시키는 쓸데없는 내기를 했다고 카즈에게 혼나야 했지. 원래 파도를 사이드 방향으로 탈 때는 한 사람이 하나의 파도 밖에 타지 못하기 때문에 먼저 파도를 잡아탄 사람이 있으면 다른 사람은 억울하더라도 다른 파도를 타는 것이 규칙인데 그 멍청한 녀석이 내가 파도를 잡은 것을 보지 못했던 것 같다. 제퍼슨과 요시키도 카즈에게 그렇게 말했으니까 아마 그들의 말이 맞겠지. 그래도 카즈는 둘 다 잘못 한 거라며 우리를 나무랐다. 둘 중에 한 명이라도 제대로 봤다면 그런 사고는 나지 않았을 거라며. 그나저나 대회가 한 달 밖에 안 남았는데 상처가 아무는데만 해도 이주는 걸릴 거라고 하니 걱정이다.

내가 다쳐서 머리에 붕대를 칭칭 감고 집에 누워있으니까 쿄헤이랑 켄지가 시무룩한 얼굴로 내 방에 얼굴을 내밀었다. 쿄헤이의 손에는 지마미 도우후가, 켄지의 손에는 모즈쿠가 들려 있었다. 아무래도 나오코상이 아이들을 시킨 것 같더구나. 지마미 도우후는 땅콩 두부라고 하는데 말 그대로 땅콩으로 만든 두부여서 두부 같은 외형에 땅콩처럼 고소한 맛이 난다. 이 두부를 먹다가 깜짝 놀란 것은 이 두부가 마치 젤리 같기도 하고 인절미 같기도 해서 쫄깃하다고 해야 할까 쫀득하다고 해야 할까 아주 독특한 식감이 났기 때문이었다. 여기에는 일반적으로 간장을 뿌려서 먹는다고 하는데 그냥 먹어도 맛이 좋을 것 같았다. 모즈쿠는 우리나라 말로 찾아보니 큰실말이라고 하더구나. 갈색의 실 같은 해조류인데 미끌미끌한 점성이 있어 한 젓가락 뜨면 덩어리가 져서 올라온다. 이게 우리나라에서는 잘 먹지 않는 해조류지만 혈액을 깨끗하게 해주고 미백에 좋다고 해서 원기회복용으로 많이 먹는다고 나중에 나오코상이 설명해 주었다. 켄지는 내가 음식을 먹는 것을 보면서 할아버지 많이 아파요? 하고 물었고 쿄헤이는 그럼 이제 대회는 못 나가는 거예요? 하고 조심스럽게 물어보았다. 아이들이 하도 시무룩해서 나는 뭐라고 말해야 할까 잠시 고민이 됐다. 일단 묵묵히 아이들이 가져온 음식을 다 먹었지. 그리고 아이들에게 말했다. 난쿠루나이사! 음! 하고 한 명씩 아이들의 얼굴을 양손으로 쓰다듬어 주었지. 아이들은 금세 표정이 밝아져서는 배시시 웃더니 후다닥 뛰어나가서 나오코상에게 할아버지가 한데, 한데, 한데! 하고 소리를 질렀다. 저렇게 귀여운 아이들에게 실망을 주어서야 안되지 않겠니. 잘 먹고 어서 회복해야겠다. 또 편지하마.

2012. 10. 11.

아빠가

글을 쓴다는 것은 상당한 에너지가 드는 일이다. 하지만 글을 쓸 때 나는 상당한 정신적 포만감을 느낄 수 있었고 회사에서 중학교만 졸업해도 할 수 있는 여러 가지 단순노동을 시키는 것에 대한 보상심리를 느낄 수 있었다. 나는 '본인의 취향'이라는 블로그를 운영했는데 주로 글 위주의 블로그였음에도 사람들로부터 반응이 나쁘지 않았다. 일상에서 느끼는 바에 대해 유머러스하면서도 냉소적인 시선으로 이야기를 풀어가기도 하고 줄거리를 정해서 소설을 연재하기도 했다. 한 페이지씩 써나가던 글은 일 년쯤 지나자 한편의 소설이 되었고 나는 그 소설을 여기저기 출판사나 잡지사에 보내보았다. 대부분 감사하지만 죄송하다는 아리송한 답변이 돌아왔지만 개중에는 사적으로 아주 짧은 멘트를 주는 곳도 있었다. '완성작을 보내실 때는 시놉시스와 함께 보내주시면 서로의 시간을 절약할 수 있습니다.' 같은 멘트였지만 나에게는 큰 깨달음을 주기도 했다. 그런 시간이 쌓이면서 일반인 에세이 분야에 공모한 몇 편의 글이 당선되어 유명하지 않은 잡지에 실리기도 하고 몇몇 웹사이트에 나의 글이 올라가기도 했다. 글을 쓸 시간이 많아지면 좀 더 좋은 글을 쓸 수 있지 않을까? 욕심이 생겼다.

하지만 회사에서 내가 맡은 신사업이 실체를 가지고 운영되기 시작되면서 일은 더욱 늘어나게 되었다. 우리는 이제 늘어난 인원 때문에 사무실을 이전해야 했다. 우리 팀 내에서 나의 역할은 총무팀이자 인사팀이자 조직문화팀이자 비용처리팀이자 기타 등등 팀이었다. 그러니까 이전할 사무실을 찾고, 이전한 사무실에 사무기기 일체를 들여놓고, 사무실 집기들을 배치하는 업무까지 모두 나의 역할이었다. 이렇게 손은 많이 가지만 티 나지 않는 업무를 하면서 나는 사람들이 사소한 욕망에 얼마나 집착하는지에 대해 배울 수 있었다. 어떻게든 팀장과 멀리 떨어진 자리에 앉으려는 자, 자신과 쿵짝이 잘 맞는 팀원과 함께 앉으려는 자, 창가를 선호하는 자, 에어컨 바람이 닿지 않는 곳에 앉으려는 자 등 사람들은 마치 내가 처음 보는 외부 용역업체 직원이라도 되는 듯 별별 기호를 다 맞춰줄 것을 요구해왔다.

그와 동시에 나는 재무팀이자 회계팀의 역할도 맡고 있었다. 대부분 재무나 회계는 단기, 장기 사업 계획과도 관련이 있어 사업 전반을 보는 눈이 필요했다. 그러므로 다른 팀에서는 해당 제품에 대한 경력이 많은 베테랑 중의 베테랑이 맡아서 하는 업무였다. 하지만 우리 팀에서는 어쩐 일인지 재무와 회계도 기타 등등의 업무에 속했으므로 내가 담당하게 되었다. 사람들은 본인들이 하기 싫은 새로운 업무가 생기면 버릇처럼 그것은 자신의 업무가 아니라고 말했다. 그런 업무들은 모두 기타 등등으로 분류되었고 나에게 맡겨졌다.

나는 점점 메일이나 전화로 업무를 받은 후에 회사 건물 뒤에 있던 남산을 산책하는 일이 많아졌다. 산책을 하면서 빡친 마음을 달래고 업무 해결의 실마리를 고민하기 위해서였다. 내가 얼마나 짜증 나는 업무를 하고 있었는지는 내가 열어놓고 있는 파일을 얼핏 보기만 해도 모두 알아챌 정도였다. 예를 들면 일 년 열두 달 치 손익계산서를 예상해서 항목별로 숫자를 채워달라며 위아래로 300칸 정도 되는 손익계산서 양식이 부지불식간에 날아오곤 했던 것이다. 그것도 주로 다른 제품 관련해서는 다 취합이 완료되었는데 우리 사업팀은 새로 생기는 바람에 그동안 누락되어 있었다면서 마감기한이 얼마 남지 않았으니 서둘러 달라는 말과 함께였다. 나는 몇 백억짜리 사업 계획을 엑셀로 위, 아래, 오른쪽, 왼쪽 숫자의 연관관계를 파악하고 이를 우리의 어설픈 계획과 맞추기 위해 노력했다. 엑셀파일에 숫자를 넣다 보면 500원 단위까지 맞추어야 하는 경우가 생기곤 했는데 이건 회계라기보다는 스도쿠 같은 느낌이었다. 이런 일이 반복되면서 나는 금요일에 퇴근할 때는 항상 주말 출근을 예약했고 혹시 주말에 개인적인 사정으로 출근하지 않을 때는 노트북을 집으로 가져와서 일을 했다. 그렇게 일을 해도 일은 점점 쌓여만 갔다.

나는 점점 모르는 일은 아는 일처럼 대충 했고, 아는 일은 모르는 일처럼 대충 넘겼다. 전화가 365일 24시간 가리지 않고 울려댔으므로 나는 이제 전화가 울리기만 해도 반사적으로 짜증이 났고, 누군가 곁에 와서 무언가 물어볼 것이 있다는 표정으로 서있기만 해도 인상을 찌푸렸다. 나는 점점 같은 팀 사람들과도 말을 잘 섞지 않게 되었고 잠깐씩 짬이 날 때면 혼자 산책을 하고 혼자 책을 보기 시작했다.

나는 내가 변하고 있다는 사실을 알고 있었다. 문제는 내가 무엇을 위해서 이 변화를 받아들여야 하는가였다. 하지만 아무리 생각해도 나에게는 그 변화를 받아들이고 이 순간을 버텨내야 할 이유가 없었다. 내 주변 사람들은 부양해야 할 가족이 있거나, 경제적인 보상을 바라거나, 지금 하고 있는 일에 보람을 느껴서라거나 하는 이유가 있었다. 하지만 나에게는 책임져야 할 가족이 있는 것도 아니었고, 지금 하고 있는 이도 저도 아닌 일에서 보람을 느끼는 것도 아니었고, 경제적인 부분은 말할 필요도 없었다. 업계에서는 우리 회사에 다니는 사람들에게 명예직 종사자라는 명예로운 호칭을 부여할 정도였다. 나는 막연히 이렇게 살아서는 안 된다고 스스로에게 수없이 말했지만 그렇다고 당장 무엇을 어떻게 해야겠다는 결심을 하지도 못했다. 그런 고민까지 하기에 나는 너무 지쳐있었다. 그렇다. 문제는 내가 너무 지쳐있었다는 것이다.

그래서 나는 오키나와행 비행기를 예약했다. 아버지의 마지막 편지를 받은 일주일 후 나는 오키나와행 비행기에 올랐다.

열두 번째 편지

덕분에 파도가 무너지는 일부 구간에는 파이프 같은 모양이 만들어졌다. 아버지는 마치 고래의 뱃속으로 삼켜지듯 그 안으로 사라져 잠시동안 보이지 않았다. 그러다가 파도가 작아지면서 파이프 모양이 사라질 때 즈음 몸을 잔뜩 구부린 채로 파이프 안에서 튕겨져 나왔고 뭔가 해냈다는 표정으로 서프보드 위에서 두 손을 번쩍 들어 올리더니 파도 뒤쪽으로 서프보드를 휙 튕겨내며 서프보드와 함께 바다 위로 떨어졌다.

오키나와 공항은 아버지가 말했던 대로 작았다. 오키나와 공항을 나서자 아버지가 말했던 야자수가 보였고, 아버지가 말했던 습습하지만 소금기를 머금은 공기가 느껴졌다. 나는 공항에서 바로 아버지가 참가한다는 서핑대회 장소로 가기 위해 차를 렌트했다. 차 트렁크에는 나의 짐이 실린 캐리어와 신라면 한 박스를 실었다.

내가 해변에 도착했을 때는 이미 대회가 한창 진행 중이었다. 해변에는 서핑 대회를 알리는 깃발이 듬성듬성 꽂혀 있었다. 깃발은 바람에 펄럭이며 펑펑 터지는 소리를 내고 있었다. 모래사장 한가운데에는 흰색 큰 천막이 쳐져 있었고 그 앞으로는 삼삼오오 사람들이 모여 앉아 있었다. 천막 아래서는 심사위원으로 보이는 사람들이 앉아서 종이에 무엇인가를 체크하면서 선수들을 바라보고 있었고 모래사장 한편에는 대형 스크린이 놓여있어서 형형색색의 래시 가드를 입은 참가자들이 파도를 타는 모습을 중계해 주고 있었다. 천막 안에는 경기 중계를 해주는 사람이 있어서 사람들은 그의 목소리에 귀를 기울이며 경기에 집중하고 있었다. 그의 목소리는 일본 텔레비전 쇼에서 자주 들었던 진행자의 목소리처럼 높고 격양되어 있었다. 나는 일본어를 일부밖에 알아들을 수 없었으므로 문장을 해석하기보다는 그의 억양을 통해서 지금 파도를 타고 있는 사람이 잘하고 있는 것인지, 어려운 기술을 선보인 것인지 대강 짐작할 수 있을 뿐이었다. 사람들은 중계자의 목소리에 따라 와~ 하고 환호하기도 하고 아~ 하고 아쉬운 탄성을 내지르기도 했다. 나는 모래사장으로 걸어 들어가서 사람들이 앉아있는 외곽 자리에 조용히 자리를 잡고 앉았다. 그곳에 모여 앉은 사람들 대부분은 서핑 바지에 티셔츠처럼 아주 편한 옷을 입고 있었다. 나는 마치 오페라극장에 혼자 반바지와 슬리퍼를 입고 들어간 사람처럼 불편한 느낌이 들었다. 하지만 사실 대부분의 사람들은 서핑을 하는 선수들을 보느라고 나 같은 구경꾼에는 관심도 없었다.

그 때 문득 매우 낯익은 이름이 매우 낯선 방식으로 들려왔다. 리. 찬. 소부. 상. 그것은 분명히 아버지의 이름이었다. 나는 아버지의 이름 앞뒤로 불리는 여러 다른 단어들 속에서도 아버지의 이름을 정확히 구별해 낼 수 있었다. 그것은 마치 색맹 시험지에서 아무리 많은 점이 있어도 다른 색을 가진 점들의 모양을 정확히 구별해 낼 수 있는 것과 같았다. 하지만 일본어로 발음되는 아버지의 이름은 마치 외국어처럼 낯설었다. 그것은 아버지의 이름이 일본인의 구강구조로는 발음하기 어려운 단어였기 때문인지도 모른다. 그러다 나는 최근 몇 년간 아버지의 이름이 소리 내어 불린 것을 들어본 일이 없다는 사실을 깨달았다. 그 때문인가. 아버지의 이름이 내 귀에 이렇게 낯설게 들리는 까닭은. 이. 창. 섭. 나는 혼자서 조용히 아버지의 이름을 중얼거려 보았다. 오랜만에 꺼낸 앨범에서 이름을 잊어버린 옛 친구의 이름을 찾아낸 것 같은 기분이 들었다.

이제 화면에는 아버지의 모습이 나오고 있었다. 아버지는 다른 네 명의 외국인과 함께 파도를 기다리고 있었다. 외국인들은 머리색도 제각각이었는데 두 명은 노란 머리였고, 두 명은 검은 머리였다. 아버지의 머리카락은 흰색이라기보다는 파도가 만들어내는 물거품 색에 가까워서 바다와 잘 어울린다는 생각이 들었다.

아버지는 좋은 파도를 잡기 위해 외국인들과 경쟁을 시작했다. 첫 번째는 노란 머리에 붉은색 상의를 입은 남자에게 파도를 뺏겼고 두 번째는 검은 머리에 검은색 상의를 입은 남자에게 파도를 뺏겼다. 아버지는 조금 지쳤는지 세 번째 파도는 그냥 보냈고 네 번 만에 파도를 잡았다. 내가 보기에 아버지는 아주 능숙하게 파도를 잡아타는 것 같았다. 파도 위에 선 아버지를 보니 아주 날렵해 보였다. 아버지는 그냥 서서 앞으로 밀려오는 것이 아니라 옆으로 미끄러지면서 방향을 이쪽저쪽으로 틀어서 파도 위로 올라갔다가 다시 내려오기 하고 파도가 거의 끝나갈 즈음에는 뒤에 있던 왼발을 앞으로 옮기려고 시도하기도 했다. 한 번에 제대로 되지 않아서 아버지의 몸이 기우뚱하고 위험한 순간을 맞이하기도 했지만 결국에는 발의 위치를 바꾸고 보드의 앞쪽에 발을 모으고 서는데 성공했다.

아버지는 재빨리 다시 다른 선수들이 있는 라인으로 헤엄쳐 돌아갔다. 그러고 나서 몇 번 더 파도를 타기 위해 패들링을 했는데 가만히 보니 노란 머리에 붉은 옷을 입은 남자가 자신의 파도를 탄 후에도 돌아와서 아버지가 파도 타는 것을 방해하고 있는 것 같았다. 중계하는 사람도 이것을 보았는지 몸을 앞으로 내밀며 브로킨구라느니 페나르티라느니 하는 단어를 급박하게 외치는 것이 들려왔다. 그러자 사람들이 모여 있던 중앙 부근에서 어떤 사람이 랩을 하듯이 리상! 패들 패들 패들 패들하고 소리를 지르며 벌떡 일어났다. 얼굴이 캐러멜색이고 턱이 무척 억세 보였다. 그의 옆에서는 두 명의 어린 남자아이들이 주먹을 불끈 쥐고 일어나서 주먹을 휘두르며 패들 패들하고 함께 소리를 지르고 있었다.

나는 그와 그의 아들들을 보자마자 '어? 카즈가 왔네?' 라고 생각해버리고 말았다. 그러고 나서 내가 오늘 그들을 처음 봤다는 사실을 떠올리고 훗 하고 혼자 웃었다. 나는 슬며시 자리에서 일어나 경기 관람에 열중하고 있는 카즈의 옆으로 다가갔다.

"실례합니다만 카즈씨 인가요?" 내가 일본어로 말을 걸었다.

"하이 하이 하이" 얼떨결에 대답을 한 카즈가 내 얼굴을 보고는 어디서 만난 적이 있는 사람인지 계산해 보는 것처럼 어~ 하고 말꼬리를 늘였다. 그러더니 내가 뭐라고 대답할 사이도 없이 아~! 하고 소리를 지르더니 바다 위에 있는 아버지와 나를 번갈아 가리키며 리상! 아! 리상 주니어! 하고 외쳤다. 눈이 동그랗게 변한 그가 나를 알고 있다는 사실이 신기했다.

"하하하 어떻게 아셨어요?" 이번에는 영어로 물었다.

"리상, 아 그러니까 아버지 리상이 전에 사진을 보여주었어요."

그리고 다시 바다 위의 아버지와 나를 번갈아 가리키며 말했다.

"많이 닮았네요."

"지금 아버지가 잘 하고 있는 건가요?" 내가 다시 카즈를 바라보며 물었다.

"지금 4위에요. 점수 차이가 크지 않아요. 아직 몇 번 기회가 남아있지만 붉은색 상의를 입고 있는 친구가 아버지를 자꾸 방해하고 있어서 좋은 파도를 타기가 어려워요. 시간이 지날수록 힘이 급격하게 떨어질 텐데 걱정이네요."

아버지는 다음번에 급하게 방향을 돌려 파도를 잡으려다가 앞구르기를 하는 것처럼 바다 위로 떨어졌다. 한참 동안 물 밖으로 모습을 드러내지 않던 아버지가 물 밖으로 나왔을 때 다음 파도가 다시 부서지며 아버지를 덮쳤고 아버지는 다시 물속으로 휩쓸려 들어갔다. 나는 아버지가 어떻게 되는 것은 아닌지 구조대가 필요한 것은 아닌지 뒤에 있는 본부석 쪽을 바라보았지만 급한 움직임 같은 것은 보이지 않았다. 다행히 아버지는 금세 바다 위로 모습을 드러내고는 서프보드 위로 올라갔는데 그 동작이 아버지가 처음 파도를 잡아탈 때와는 다르게 무척 무거워 보였다. 다시 라인으로 돌아가서 파도를 보는 동안 아버지는 눈이 부신지 계속해서 왼손을 왼쪽 눈 위에 대고 있었다.

"음... 시간이 얼마 없어요." 카즈가 초조한 듯 입술을 깨물었다.

내가 스크린 위에 설치된 타이머를 보니 처음 아버지가 출발할 때 10분으로 시작했던 시간은 이제 1분 아래로 떨어지고 있었다. 이미 다른 선수들은 자신에게 주어진 기회를 거의 다 사용했는지 마지막 파도를 타고나서 다시 라인 쪽으로 돌아갈 생각을 하지 않는 선수도 있었고 아예 물 밖으로 나간 선수도 있었다. 하지만 붉은색 상의를 입은 선수는 계속 아버지 곁에 붙어서 아버지를 견제하고 있었고 검은 상의를 입은 건장한 흑인 선수도 아버지와 함께 라인에서 파도를 기다리며 아버지에게 계속해서 뭐라고 말을 걸고 있었다.

그때 아버지가 뒤에서 일어서는 파도를 보고 긴장하는 것이 느껴졌다. 나만 그런 기운을 느낀 것은 아닌 것 같았다. 옆에 붉은 상의를 입은 선수도 자세를 바꾸며 아버지를 견제할 준비를 했고 카즈 또한 몸에 힘을 주며 몸을 앞으로 바짝 당겨 앉는 것이 느껴졌다. 아버지는 그 파도를 잡기 위해서 패들링을 시작했고 아버지의 바로 옆으로 붉은색 상의를 입은 선수가 따라붙었다. 이번에는 검은색 상의를 입은 선수 역시 아버지 옆으로 따라붙었다. 역시나 아버지의 파워가 부족한 듯 아버지의 서프보드가 붉은색 상의를 입은 선수보다 조금 뒤처졌다. 결국은 붉은색 상의의 선수가 파도의 머리 위에 올라서는 것처럼 보였다. 붉은색 상의의 서프보드가 파도에 실리는 순간 아버지와 검은색 상의를 입은 선수는 마치 준비된 선원처럼 신속하게 보드의 방향을 바꾸더니 전속력으로 라인으로 질주하기 시작했다. 그러나 이번에는 방향을 바꿈과 동시에 검은색 상의를 입은 선수가 아버지의 보드를 뒤에서 엄청난 힘으로 밀어주는 것이 보였다. 저 멀리서는 방금 지나간 첫 번째 파도보다 더 큰 두 번째 파도가 거대한 에너지를 일으키며 일어설 준비를 하고 있는 것이 보였다. 그 모습을 보고 있던 카즈와 중계석의 남자는 동시에 스고이(최고다)~! 하고 외쳤다. 하지만 카즈는 그다음에 모또!모또!모또!(조금 더) 하고 외친 반면, 중계석의 남자는 엄청나게 빠르게, 엄청나게 긴 문장을 외쳐댔기 때문에 뭐라는지는 알아들을 수 없었지만 아버지에게 큰 기회가 온 것만은 틀림없었다.

이제 아버지는 파도가 일어서는 지점 바로 앞에 도달해 있었다. 전광판 위의 타이머도 '0'에 도달해가고 있었다.

"시간 안에 저 파도를 타기만 하면 역전할 수 있어요."

카즈가 나의 팔을 꽉 잡으며 말했다.

파도가 일어서서 지나가기 직전이었다. 아버지는 서프보드를 해변 쪽으로 향하도록 돌리기 위해 애쓰고 있었다. 나는 나도 모르게 주먹을 쥐고 빨리 빨리 빨리, 하고 중얼거리고 있었는데 슬쩍 옆을 보니 카즈와 카즈의 두 아들 모두 나와 같은 포즈로 가슴 앞으로 양 주먹을 꼭 쥐고 자기 나라 말로 뭐라고 중얼 중얼거리고 있었다. 그 모습을 보자 피식 웃음이 나왔다. 아버지가 서프보드를 돌려놓고 몸을 서프보드 위에 올리는 것과 거의 동시에 파도가 아버지의 서프보드 뒤까지 다다랐다. 아버지는 복어처럼 몸을 부풀릴 기세로 크게 숨을 들이마시더니 고개를 들고 힘차게 패들링을 시작했다. 파도가 물속에서 머리를 수욱 밀어올림과 동시에 아버지는 그 거인의 머리 위에 깃털처럼 실려 올랐다. 나는 됐어! 하는 마음으로 주먹을 더욱 힘껏 쥐며 두 주먹을 아래로 한 번 쳐 내렸다. 파도는 엄청나게 커서 아버지가 움직이는 방향을 따라서 무언가에 쓸려가듯 말려 내려가기 시작했다. 덕분에 파도가 무너지는 일부 구간에는 파이프 같은 모양이 만들어졌다. 아버지는 마치 고래의 뱃속으로 삼켜지듯 그 안으로 사라져 잠시 동안 보이지 않았다. 그러다가 파도가 작아지면서 파이프 모양이 사라질 때 즈음 몸을 잔뜩 구부린 채로 파이프 안에서 튕겨져 나왔고 뭔가 해냈다는 표정으로 서프보드 위에서 두 손을 번쩍 들어 올리더니 파도 뒤쪽으로 서프보드를 휙 튕겨내며 서프보드와 함께 바다 위로 떨어졌다.

아버지는 사람들의 박수와 환호를 받으면서 모래사장으로 헤엄쳐 나왔다. 사람들은 실버서퍼, 실버서퍼 하고 환호했는데 아버지는 약간 쑥스러운 표정으로, 그러나 한편으로는 환하게 웃으면서 두 손을 흔들었다. 내가 어린 시절에 보았던 음악을 들으며 운전을 하던 행복한 아버지의 모습이 떠올랐다. 그리고 아버지는 왼손으로 눈에 들어간 물을 닦아냈다. 하지만 아버지의 손에 묻어난 것은 피였다. 아버지의 이마에서는 계속해서 피가 흐르고 있었다. 상처가 다시 터진 것 같았다. 나는 아버지에게 인사할 겨를도 없이 외쳤다.

“아빠, 거기 피!” 나는 물기를 닦아주려고 들고 있던 수건으로 아버지의 이마를 지혈했다. 그리고 나도 모르게 소리를 질렀다.

“아빠! 좀 작작 좀 하시라고 하여튼!”

“괜찮아.” 대답한 아버지는 오른쪽 눈으로 나를 흘긋 바라봤다.

“언제 왔냐?”

“중간에요. 아빠 시작하기 좀 전에.” 나는 집에서와 마찬가지로 퉁명스럽게 대답한 다음 카즈와 검은색 상의를 입은 흑인 선수와 함께 아버지를 데리고 의무실로 향했다.

아버지가 이마를 응급처치하고 있는 동안 카즈는 나에게 제퍼슨을 소개해 주었다. 그때 의무실 천막 문이 휙 젖혀지더니 머리가 빨갛고 마른 사람 하나가 껄렁대며 들어왔다. 그는 아버지를 보더니 큰소리로 떠들어댔다.

“큰 파도는 두 번 온다. 작전 좋았어! 실버서퍼! 하하하!”

“요시키에요.” 카즈가 나를 보며 말해주었다.

“점수는 어떻게 됐어? 인정됐어?” 제퍼슨이 요시키에게 물었다.

“궁금해? 그게 아니라 이렇게 물어야지. 네가 이겼어 내가 이겼어?” 요시키가 한 쪽 눈을 씰룩거리며 말했다. 그리고 아버지와 카즈와 제퍼슨을 빙 둘러보며 한 박자를 쉬더니 말했다.

“젠장! 안 됐어. 4위야. 하하하하!”

“그런데 뭐가 좋아서 웃어?” 카즈가 요시키에게 면박을 주었다.

“어쨌든 내기에서는 내가 이겼거든.” 요시키가 제퍼슨 쪽을 보며 웃었다.

“이 봐 내기를 할 때는 말이지 내가 응원하는 팀에 반대로 거는 거야. 이기면 이겨서 좋고, 지면 내기에 이겨서 좋고. 안 그래? 하하하.”

말을 마친 요시키는 왔던 것과 마찬가지로 천막 문을 휙 젖히면서 나가버렸다.

“괜찮아요. 다들 실버서퍼의 실력을 인정할 테니까.” 카즈가 아버지의 어깨에 손을 올려 위로하고는 쓸쓸히 걸어 나갔다.

“순위 따위... 우리 오늘 멋졌다고. 자 이제 파티야, 실버서퍼.” 제퍼슨도 아버지의 어깨를 툭 치고 나갔다.

“허~이참. 쿄헤이와 켄지에게 미안하게 됐지 뭐냐. 어젯밤에 그렇게 열심히 응원해 줬는데.” 아버지는 어깨를 으쓱하며 말했다. 나는 말없이 아버지의 치료가 끝날 때까지 천막 안에서 기다렸다. 시간이 좀 있었지만 나는 아버지에게 딱히 어떤 일 때문에 왔다고 말하지 않았고 아버지도 나에게 어떤 일 때문에 왔는지 묻지 않았다. 치료가 끝나자 대회의 진짜 하이라이트인 파티가 시작됐다.

파티는 젊은 친구들의 취향이었다. 출장 뷔페처럼 음식을 한 상 차려놓고 모래사장에 앉아서 음악과 술과 춤과 노래를 즐겼다. 아버지는 시상식에서는 공식 메달을 받지 못했지만 파티 때에는 여성 서퍼들이 비키니 수영복 상의를 엮어서 하와이안 꽃목걸이처럼 만든 목걸이를 받았다.

"나이 드니까 젊은 아가씨들이 나를 전혀 경계하지 않아서 좋지 뭐냐." 하며 아버지는 비키니 목걸이를 내 목에 걸어주었다.

나는 아버지 덕분에 많은 여성 서퍼들과도 이야기를 나눌 수 있었다. 대부분 인상이 강했는데 다들 가무잡잡한 피부에 탄력이 있었다. 나는 그녀들과 대화를 나누면서 다른 부위들로 자꾸 흐트러지는 시선을 붙잡기 위해 많은 노력을 기울여야 했다.

파티의 마지막은 캠프 화이어였다. 모두가 불 주위에 둘러앉아 카운트다운을 했고 해변도로 건너편 가게 옥상에서부터 불이 줄을 타고 내려와서 장작더미에 옮겨붙었다. 나만 모르고 모두들 알고 있는 어떤 노래를 불렀고 올해 대회 주최를 맡았던 대표와 내년 대회 주최를 맡을 대표가 나와서 내년에도 잘 부탁한다는 인사를 끝으로 공식 파티 일정은 마감됐다. 술이 더 필요하거나 이미 술에 취해서 자신에게 더 이상 술이 필요하지 않다는 것을 깨닫지 못한 젊은 친구들은 문을 연 술집을 찾아 나섰고 나머지 사람들은 자신의 숙소로 돌아가거나 남은 여운을 즐기기 위해 모래사장에 남았다. 요시키와 제퍼슨은 술을 마시기 위해서 다른 친구들과 함께 떠났고 카즈는 차에서 잠들어 있는 아이들을 집에 데려다주기 위해 먼저 돌아갔다.

나는 남은 맥주를 마시며 아버지와 함께 꺼져가는 불 앞에 앉아 있었다. 밖에서 아버지와 단둘이 술을 마시는 일은 처음이었다. 어떤 말을 어떻게 꺼내야 할지 몰랐지만 뭔가 말을 해야 할 것 같았다.

"이제 이마는 좀 괜찮아요?"

"거즈가 좀 답답한 것 빼고는 괜찮아."

장작이 타닥 소리를 내더니 붉은빛 몇 점이 공중에 떠올랐다. 삼십 년간 가족과 함께 생활하며 몸에 밴 기계적이고 습관적인 패턴 속에 아버지와 단둘이 대화를 나누는 일은 포함되어 있지 않았다. 나는 순간 아버지가 아주 낯선 어떤 사람, 여행을 와서 처음 소개받은 사람처럼 느껴졌다.

"아까 마지막에 멋졌어요. 파도가 만든 터널 안에 들어갔을 때 조마조마했거든요."

“후후. 그래 오늘은 운이 좋았어. 그렇게 멋진 순간은 좀처럼 만나기 힘드니까.”

“그 터널 안에 있으면 어떤 느낌이에요?”

“글쎄. 이 친구들은 그 터널을 그린룸이라고 하던데 안에 들어가면 바다속에 들어간 것 같은 느낌이지. 사방이 물로 덮여있으니까. 하지만 또 파도가 만들어내는 벽이 밖과 단절된 느낌은 아니거든. 세상과 단절되지 않은 나만의 동굴 속에 들어간 느낌이랄까? 그런데 사실 가장 좋은 건 그린룸을 타고 있을 때보다 그린룸에서 밖으로 나오는 순간이야. 빛이 확 쏟아져 들어오는 그 순간 다시 태어나는 느낌이 들거든. 지금 든 생각인데 어머니 뱃속에서 세상 밖으로 처음 나올 때도 그런 느낌이 아닐까 싶다.”

“그럴지도 모르겠네요. 그렇게 얘기하니까 저 첫 휴가 나왔을 때 집 앞 지하철 입구로 나오는 에스컬레이터 탔을 때가 생각나요. 그때 에스컬레이터 출구에서 정말 미친 듯이 환하게 쏟아지는 햇살을 보면서 그 비슷한 생각을 했었는데... 그런데 마지막에 그린룸에 들어갔던 게 점수에 포함되었으면 좋았을 텐데 아깝다. 그나저나 그 붉은색 상의 입은 선수에게 져서 어떡해요? 그 사람이 그 재수 없는 자식이 가르친 선수라면서요. 카즈도 그렇고 쿄헤이도 그렇고 앞으로 오키나와에서 생활하기 힘들어지는 거 아니에요?”

"뭐 그건 걱정 안 해도 돼."

"예? 왜요?"

"내가 후쿠도메상 이야기 했던 거 기억하니? 그분 아들이 지금 일본 국세청 같은 곳에서 일하거든. 내가 연락해서 좀 알아봤더니 그 극우파 같은 자식 사업도 아주 더럽게 하고 있었던 모양이더라. 내가 알아듣게 얘기했으니까 다시는 그런 식으로 건방 떨지는 못할 거다. 사실 실력으로도 이기고 싶기는 했는데 뭐 세상에 문제를 해결하는 방식이 꼭 하나만 있으라는 법은 없잖니. 허허."

내 옆에 앉아 있는 이 사람이 과연 내가 알고 있던 우리 아버지가 맞을까? 아들이 군대에 갔을 때도 손가락 하나 움직이지 않았던 사람이었는데. 나는 잠시 머릿속이 하얘지는 것을 느끼며 할 말을 잊었다.

"누나는 밤에 혼자 괜찮다냐?"

"오늘 내일은 회사 워크숍 이랬고, 주말에는 친구네서 잔다고 했어요."

"누나는 요즘 좀 어떠냐? 회사에서 별일 없다든?"

"글쎄요. 뭐 비슷한 거 같아요. 여전히 CFO한테는 신임받고 있는 거 같은데 새로 온 팀장은 정신 못 차리고 있는 것 같고, 그 차장은 그래도 요즘 분위기가 이게 아니다 싶은 걸 좀 느꼈는지 그래도 누나한테 이것저것 물어보기도 하고 일을 좀 하려고 하긴 하나 봐요. 그래서 더 귀찮아하는 거 같긴 한데. 뭐 요즘 저도 워낙 늦게 들어오니까 잘 못 만나서... 뭐 그래요. 에휴~ 누나는 퇴근하고도 그렇게 회사 얘기가 하고 싶은지 모르겠어. 하긴 뭐 잠 아니면 회사니 달리 뭐 할 말이 없긴 하겠지만. 그래도 나는 퇴근하면 부장 목소리도 떠올리기 싫던데... 제 얘긴 안 궁금하세요?"

"너야 원체 네 얘기를 잘 안 하잖니. 가끔 누나한테 듣긴 한다. 요즘 많이 바쁘다고. 그래도 네가 욕하는 건 별로 들어본 적 없는데 요즘 시팔 시팔 거리면서 들어오는 때가 많다고 누나가 걱정하더라."

"제 얘긴 누나한테 듣고 누나 얘긴 저한테 들으시는 거예요?"

"허허 그런가? 그래 가족이 뭐 그런 거지 어떠냐? 얘기하다 보면 이 얘기 저 얘기 다 하는 거지. 네 휴가는 언제까지냐?"

"오늘만 낸 거예요. 주말까지만 쉬고 월요일부터 나가야죠..."

나는 마른침을 한 번 꿀꺽 삼키고 말을 이었다.

"아빠..."

"응?"

"저... 회사... 그만 둘까 해요."

파삭 소리를 내며 바싹 타버린 장작 하나가 주저앉았다. 쐬 한 바람이 팔꿈치 밑을 스쳐 지났다. 내가 침을 삼키는 소리가 파도 소리만큼이나 크게 들렸다. 나는 아버지의 인상이 구겨지며 뭐? 하는 격양된 목소리가 나올 것을 예상했다. 하지만 아버지는 마치 아무 이야기도 못 들은 사람처럼 표정의 변화 없이 이제는 거의 숯으로 변해 벌겋게 헐떡이는 장작만 바라보고 있었다.

"계획은 있냐?"

아버지의 목소리는 차분했다.

"저... 글 쓰고 싶어요. 소설이나 에세이 같은... 구체적인 계획은 없지만 최근에 에세이 공모에 당선되기도 했고 블로그 같은 데서 반응이 좋았던 글도 몇 개 있어요. 그래서 본격적으로 한 번 해보려고요."

나의 목소리는 오히려 조금 떨렸다.

"그래. 하고 싶으면 해야지. 참 좋은 세상 아니냐. 사람이 사는 방법이 여러 가지 더라. 나는 내가 살아온 방식 밖에는 모르고 살았다. 그것만 맞는 방법인 줄 알았지. 그런데 여기 와서 쭉 살아보니까 그게 아니더라. 안정된 직장, 안정된 생활 그걸 벗어나면 굶어 죽는 건 줄 알았는데, 그런 생활 때문에 죽겠는 사람도 있더란 말이지. 네가 직장 다닌 지가 얼마나 됐지?"

"6년이요. 지금 7년 차니까."

"6년이라, 뭐 6년이면 이제 너도 사회가 어떻게 돌아가는 곳인지는 대충 알고 있겠지. 하고 싶은 일을 하더라도 어떻게든 생활은 꾸려나갈 수 있을 거다. 네가 그렇게 미련한 아이는 아니니까."

아버지의 말을 들으면서 나는 마음 한구석이 불안해져 오는 것을 느꼈다. 그만두겠다는 말을 꺼내기 전에는 혹시나 아버지가 강하게 반대한다면 마음속으로 아버지를 밀어내는 반작용의 힘으로 더 힘차게 새 출발의 각오를 다지려고 했는데 막상 이렇게 쉽게 아버지의 동의를 얻어버리자 맥이 빠지면서 오히려 이게 정말 맞는 일인지, 이 일로 먹고살 수는 있는 것인지 하는 현실적인 불안감이 고개를 들었던 것이다.

"잘 할게요."

"잘은 무슨. 어쨌든 아버지는 이제 너 도와줄 돈은 없으니까 손 벌릴 생각은 하지 말고."

그래 그래야 우리 아버지지.

"걱정 마세요. 저 모아놓은 돈 많아요. 그리고 그 돈 떨어지면 다시 취직을 하든 어떻게든 제가 벌어서 쓸 때니까 걱정 마세요."

이 대사는 아버지와의 대화가 나의 예상대로 평행선을

달릴 경우 마지막 통보의 말로 사용하기 위해 준비한 대사였다. 소리를 지르며 험악한 얼굴로 이 대사를 하게 될 것이라고만 생각했었는데 나의 예상과는 달리 나는 웃으면서 이 대사를 하고 있었다.

"짜식. 한 판 하려고 단단히 벼르고 왔는데 아쉽냐?" 아버지가 나를 보며 피식 웃었다.

"벼르긴요 무슨. 흐흐."

나는 홀가분한 마음으로 뒤로 벌렁 누워서 하늘을 바라보았다.

"아~ 하늘에 별 정말 많네. 밤에 외할머니 댁 평상에 누우면 별이 정말 막 쏟아졌는데."

아버지도 나를 따라 누웠다. 팔팔하게 서핑을 하던 아까와는 달리 아버지는 곡소리를 냈다.

"에고 에고 에고. 다음에 내가 한국 들어가면 외할머니도 좀 찾아뵙고 하자."

"네. 그래요."

나는 잠시 누워서 하늘에 떠 있는 별을 눈으로 세어보았다. 모래는 차가웠지만 바람은 차지 않았다. 별이 너무 많았다. 별을 세는 것을 멈추자 어머니 생각이 났다.

"아빠... 엄마가 지금 저기서 우리 보고 있을까요?"

아버지는 아무 말이 없었다. 나는 고개를 살짝 돌려 아버지를 바라보았다. 아버지는 그 짧은 새에 잠이 들어있었다.

다음날 나는 부산스러운 소리에 잠이 깼다. 내가 힘겹게 눈을 떠 시계를 보니 아직 아침 7시였다. 아버지는 나갈 채비를 하고 있었다.

"어디 가세요?"

"옆집 할아버지가 돌아가셨다는구나."

아버지는 겉으로는 침착해 보였지만 목소리는 허공에 떠 있는 듯 멍했다.

"아침은 나오코상이 줄 거고 내가 이따 전화하마."

아버지는 서둘러 방을 나갔다. 일층에서 아버지와 카즈가 이야기를 나누는 소리가 들리더니 곧 차가 급하게 출발하는 소리가 들렸다.

아버지가 다시 돌아온 것은 저녁식사 시간이 다 되어서였다. 차가 집 앞에 멈추는 소리가 들리더니 곧 아버지가 들어왔고 그 뒤에는 사람 머리 크기만 한 나무상자를 든 할머니가 따라 들어왔다.

"할머니 모시고 왔어요." 아버지가 나오코상에게 말했다.

"어머, 잘 오셨어요. 아까 카즈 전화받고 식사를 준비하고 있었어요. 제때 오신 거예요. 쿄헤이~ 켄지~ 얘들아 저녁 먹어야지 어서 나오렴." 나오코상은 종종걸음으로 나와서 할머니와 인사를 나누고는 아이들을 불렀다.

"미안해요 나오코상. 내가 오늘 같이 식사할 사람이 없어서. 이 사람이 없으니 여기저기 신세 질 일만 생기네. 오늘만 잘 부탁할게요."

할머니는 '이 사람'이라고 말할 때 나무상자를 살짝 들어 올리고는 그것을 거실 한구석에 조심스럽게 내려놓았다. 할머니는 힘이 없어 보이기는 했지만 슬픈 표정은 아니었기 때문에 할머니가 나무상자를 들고 '이 사람'이라고 하지 않았다면 나는 그녀가 미도리상이라는 사실을 전혀 알아채지 못했을 것이다. 아버지가 할머니와 함께 식탁 앞에 앉았고 아이들이 식탁 앞으로 달려왔다.

"안녕하세요. 할머니."

"반갑구나. 쿄헤이."

"안녕하세요. 할머니. 엄마가 할아버지 이야기는 꺼내지 말라고 했지만 엄마가 그렇게 말하니까 더 할아버지가 보고 싶어요. 죄송해요." 켄지가 고개를 숙이고 기어들어가는 목소리로 말했다.

"켄지 왜 그런 얘길, 죄송해요 할머니." 나오코상이 켄지 옆에 서서 켄지의 머리를 본인의 가슴 쪽으로 끌어당기며 말했다.

“왜? 그래도 할아버지가 보고 싶다고. 할머니랑 할아버지는 세트잖아. 할머니는 노래하고, 할아버지는 연주하고. 할머니는 말하고, 할아버지는 듣고. 그쵸 할머니?”

“호호호. 괜찮아요. 나오코상. 그래 그랬지. 그런데 이제부터 할머니는 혼자가 됐단다. 할아버지가 왔던 곳으로 돌아가셨잖니. 할아버지는 여기 너무 오래 계셨어. 할아버지가 보고 싶니 켄지?” 할머니가 켄지의 머리를 쓰다듬으며 말했다.

“응. 할아버지 보고 싶어요. 할머니랑 세트로.”

“그래 나도 할아버지가 보고 싶단다. 나는 얼마 안 있으면 할아버지가 있는 곳으로 갈 거니까 금방 할아버지를 볼 수 있겠지만 너희들은 우리가 세트로 있는 걸 보려면 오래 걸리겠구나. 켄지가 할아버지를 보고 싶어 했다는 걸 알면 할아버지도 틀림없이 좋아하실 게다. 내가 꼭 네 이야기를 전해주마.”

“자~ 할머니 피곤하시니까 이제 그만 저녁 식사를 할까?” 카즈가 차를 세우고 뒤늦게 문을 열고 들어오며 말했다.

저녁 식사는 밝은 분위기였다. 테비치는 쫄깃쫄깃했고 소바 육수는 진했다. 아버지가 편지에 썼던 대로 나오코상의 소바는 두 그릇도 문제없을 정도로 맛있었고 미도리상의 이야기는 한 번 시작되면 브레이크가 고장 난 팔 톤 츄럭 처럼 끝이 없었다.

“우리가 구십 살 넘고 나서는 가끔 누가 먼저 저세상에 갈지를 가지고 내기를 했었지. 나이가 들면 죽음을 가지고도 장난을 칠 수 있게 되는 여유 같은 게 생기거든. 하지만 정작 중요한 건 누가 먼저 죽느냐가 아니라 혼자 남은 상대방이 어떻게 살 것인가 아니겠어? 그런데 아마도 그걸 주제로 이야기하는 건 이 나이가 되어서도, 아니면 이 나이이기 때문에 너무 어려운 일이었던 게지. 그래서 우리는 그저 어린아이처럼 굴었던 거야. 왜 얘들이 그러잖아. 숙제하기 싫을 때 이거 안 하면 나중에 혼날 거 알면서도 계속 노는 것처럼 말이야. 우리는 삶이라는 단어로 숙제를 하는 대신에 죽음이라는 단어로 놀이를 했던 거지. 혼자 남은 삶에 비하면 죽음은 놀이야.” 미도리상은 흐음 하고 큰 한숨을 쉬더니 이렇게 말씀하셨다. “결국 그 숙제는 내가 하게 됐지 뭐유.” 미도리상은 말끝에 쓸쓸한 웃음을 지어 보였다.

미도리상이 떠난 후 나는 아버지에게 물었다.

“여기는 장례식을 어떻게 하는 거예요?”

“비슷한 것 같아. 원래 전통으로는 가족들만 밤새 자리를 지키고 일반 조문객들은 정해진 시간에만 조문을 할 수 있다고 하던데 지금은 딱히 그렇게 엄격하게 구분하지는 않는 모양이야. 그런데 할아버지는 태평양 전쟁 때 자식들도 다 죽고, 그때 살아있던 형제들도 이제는 다 돌아가셨어. 그래서 할머니 밖에 안 계시거든. 오늘 밤새 할머니께서 할아버지 곁을 지키시고 내일 새벽에 할아버지 뼈를 바다에 뿌려드리기로 했다. 할머니가 이미 오래전에 그렇게 하기로 할아버지랑 얘기를 하셨던 모양이야. 내일은 너도 함께 가보자꾸나. 파도가 잔잔한 새벽에 갈 거니까."

나는 아버지에게 그러자고 하고 서둘러 잠자리에 들었다.

다음날 새벽 다카하시상의 발인을 위해 여러 사람이 모였다. 내추럴 서프 팀과 동네 이웃들까지 모두 9명이었다. 우리는 모두 함께 서프보드를 타고 멀지 않은 바다로 나갔다. 카즈가 서프보드 위에 유골함을 싣고 바다 한가운데로 향했고 우리가 그 뒤를 따랐다. 카즈가 파도가 잔잔한 지점에 자리를 잡고 서프보드 위에 올라앉자 우리는 카즈를 둘러싸고 둥그렇게 원을 만든 후 각자 서프보드 위에 올라앉았다. 카즈가 다카하시상의 유골함을 열고 재를 뿌렸고 우리는 서프보드 위에 올라앉아 둥그렇게 손을 이어 잡고 노래를 불렀다. 노래는 평소에 다카하시상이 가장 좋아하던 노래라고 했다. 내가 듣기에는 '우리의 소리를 찾아서' 같은 프로그램에서 나오는 민속요 같았는데 우리나라에서 자주 듣던 것보다는 음색이 높은 것 같았다. 잔잔한 바다 위로 아침 안개가 피어오르는 것처럼 노래가 바다 위로 피어올랐다. 그러는 동안 해가 솟아올랐고 우리가 있는 곳부터 태양까지 붉은 비단길이 생겨나 바다의 표면 위로 넘실댔다. 그 길은 할아버지가 편히 밟고 갈 수 있을 만큼 튼튼해 보였다. 그 길 끝에 내 어머니의 모습이 보이는 것 같기도 했다. 의식을 마치고 해변으로 돌아와 다시 바다를 바라보았을 때 하늘의 색과 바다의 색이 같았으므로 우리는 할아버지를 하늘에 뿌린 것 같기도 했고, 바다에 묻은 것 같기도 했다. 슬프다기보다는 뿌듯한 느낌이었다. 누군가를 하늘나라로 돌려보내는 의식에 참여한 적이 많지는 않았지만 그런 뿌듯한 기분을 느낀 것은 처음이었다.

돌아와서 나는 비행기 시간 때문에 서둘러 짐을 쌌다. 아버지는 극구 나를 데려다주겠다며 공항까지 따라나섰다. 그리고 비행기를 타러 들어가는 나에게 편지를 한 장 내밀었다.

"우편으로 부치는 것보다 싸잖니."

"아빠, 우편보다 제가 더 비싼 몸이거든요."

나는 웃으며 아버지의 편지를 받아 들고 한국으로 돌

아오는 비행기에 올랐다. 비행기가 이륙하는 동안 할 일이 없었기 때문에 나는 아버지의 편지를 읽어보기 시작했다.

사랑하는 은주와 동현이에게.

나는 너희들의 시대와는 다른 시대에 태어났다. 내가 태어난 것은 전후였지. 냉장고와 세탁기가 없었던 주방, 소파와 텔레비전이 없었던 거실, 보일러가 없었던 집. 상상할 수 있겠니? 그때 우리는 정말 힘들게 살았다. 살아내는 것만으로도 충분히 힘들었던 시대였지. 그리고 세상은 지금 너희들이 겪는 것과는 다른 차원으로 빠르게 변했다. 이념이 중요했고 발전이 중요했지. 그런 세상에서 우리에게 지식의 용도는 관용을 배우는 데 있지 않고 투쟁하는 데 있었다. 우리에게 미덕은 교양을 쌓는 데 있지 않고 돈을 쌓는데 있었다. 복지보다는 성장이 인정받았고, 다양성보다는 효율성이 대접받았다. 그래서 우리는 외형적으로 엄청난 변화를 이뤄냈다. 그리고 그 엄청난 변화를 온몸으로 겪어냈다. 아파트, 강남, 재벌 이런 것들이 생겨났고 달동네, 식모, 물장수 같은 것들이 공존했다. 나는 이 모든 것들에 적응했다. 그러므로 나는 어떤 세계에도 적응할 자신이 있었다.

나는 보이는 것이 중요한 시대를 살았다. 하지만 곧 보이지 않는 것을 위한 투쟁이 시작되었다. 분신자살, 단식농성, 촛불집회 이런 것들을 통해서 지금은 보이지 않는 것이 중요한 시대가 되었다. 그것은 이승과 저승처럼 다른 세계다. 나의 부모님 세대가 우리 세대를 그렇게 느꼈고, 지금은 너희 세대가 우리 세대를 그렇게 느끼듯 우리는 다른 세계에 살고 있다. 내가 가지고 있던 자신감은 내가 다니던 회사의 부도와 함께 깨어졌다. 그것은 나의 시대의 종말을 의미했다. 나는 그것을 인정할 수 없었고 때로는 고집을 부렸다. 그 고집마저 버리면 나의 삶 전체를 인정하지 않는 것처럼 느껴졌으므로.

그리고 나는 한 번도 본 적 없는 가치들을 강요받았다. 다양성, 소통, 관용 이런 것들은 눈에 보이지 않았기 때문에 더욱 받아들이기 어려웠다. 그것은 봄에서 여름으로의 자연스러운 이행이 아니라 노아의 홍수 같은 급작스러운 재난이었다. 갑작스러운 재난에 적응할 수는 없는 노릇이다. 나의 입장에서는, 우리 세대의 입장에서는, 그것은 재난이었지만 누군가의 시선으로 보기에 그것은 막을 수 있는 인재였는지도 모른다. 나는 우리 세대의 세계에 너무 오래 머물러있었다. 보이지 않는 것이 더 중요한 시대가 올 줄 몰랐기 때문이기도 하지만 그것은 원래 그렇게 되도록 정해진 일 같기도 했다. 그것이 부모와 자식 간의 숙명이라는 생각을 했다. 나는 너희의 세계를 나의 시선으로 바라보았으므로 너희를 이해하지 못했다. 너희는 나의 세계를 보지 못했으므로 나를 이해하지 못했다. 세상은 그것을 소통을 통해서 이해할 수 있다 하지만 나는 그리고 너희는 아직 그 방법을 찾지 못했다. 그렇게 살아가는 것 또한 가족의 숙명일지도 모르지. 결코 이해하지 못하는 존재와 함께 살아가는 것. 나는 이제야 소통이란 말로만 하는 것이 아니라 시간을 공유하고 추억을 공유하고 가치관을 공유해야 할 수 있는 것이라는 것을 어렴풋이 이해하기 시작했다.

나는 너희들을 떠나 나만의 동굴을 찾아왔다. 이기적이라 해도 할 수 없다. 부딪혀 상처 주며 살아가는 것보다 한걸음 떨어져 무심히 바라보는 것으로 이해할 수 있는 것이 있을 것이라 생각했다. 하지만 나는 언제나 나보다는 가족의 행복을 위한 결정을 해왔고 이 또한 그렇다고 생각했다. 나는 여기서 많은 사람들을 만났고 지금까지와는 다른 삶을 살았다. 나를 위한 삶을 살았다. 그리고 깨달았다. 나의 행복을 떠넘겨서는 안 되는 거였다고. 나는 나의 행복을 가족의 행복과 동일시했다. 가족이 행복하면 내가 행복할 거라고 생각했다. 하지만 거기에 나의 행복은 없었다. 나는 나의 행복을 포기했기 때문에 너희들에게 내 몫의 행복을 강요했다. 나의 행복을 포기했기 때문에 그 대가로 너희들이 나의 생각대로 움직여주는 것이 당연하다고 생각했다. 하지만 행복은 대가로 주고받을 수 있는 것이 아니었다. 대가를 바라는 순간 무너지는 것이 행복이었다. 그러므로 구성원 각자가 행복해야 모두가 행복할 수 있는 것이었다. 그것을 이제야 깨달았다. 내가 행복해지고 나서야 깨달았다. 미안하구나.

자고 있는 동현이는 놀라울 만큼 나를 닮았다. 나의 젊은 시절을 닮았지. 이 말을 하면 동현이가 싫어할지도 모르겠구나. 나를 닮았다는 이야기를 싫어하는 아이니. 하지만 이해할 수 없는 사람을 닮아가는 것이 아들의, 딸의 숙명일지도 모른다. 그것이 미안한 일이 되지 않도록 하기 위해서 나는 다시 힘을 낸다. 너희 엄마가 그렇게 된 후 어제 미도리상의 말처럼 하루하루 숙제 같은 삶을 산다. 부모를 닮는 것이 숙명이라면 그것을 극복하는 것이 운명일지도 모르겠다. 그러니 부탁한다. 부디 너희들의 삶을 살거라. 나보다 나은 삶을 살아주려무나. 그래야 나도 너희 엄마에게 할 말이 있지 않겠니. 사랑한다.

2012. 11. 17.

아빠가

비행기가 이륙했다. 눈물이 흐르기 시작했다. 아 젠장 뭐야 이 유서 같은 편지는. 눈물이 멈추지 않았다. 옆 사람이 곁눈질로 나를 쳐다보았다. 나는 무릎을 덮어두었던 담요를 들어 얼굴 위로 덮어썼다. 어깨를 들썩이며 양껏 울었다. 담요에서는 텁텁한 먼지 냄새가 났다. 이러다간 기내식도 못 먹겠어. 마음을 추스르고 담요를 내렸다. 그러자 좌석 앞에 붙은 작은 스크린에 내 얼굴이 비쳤다. 거울처럼 뚜렷하진 않았다. 하지만 사진첩에서 보았던 아버지의 젊은 시절 사진이 거기 있었다. 나는 한숨을 훅 내쉬었다. 한숨이 바르르 떨렸다. 그리고 눈을 감고 인정했다. 내가 아버지와 닮았다는 것을.

오키나와에서 인천공항까지는 두 시간 정도밖에 걸리지 않았으므로 비행기는 금세 인천공항에 도착했다. 유난히 빨리 도착한 느낌이었다. 나는 비행기 안에서 사람들이 모두 나갈 때까지 한동안 가만히 자리에 앉아있었다. 나가는 사람들의 뒷모습을 보면서 내가 보지 못한 아버지의 삶과 아직 보지 못한 나의 미래에 대해 생각했다. 마침내 더 이상 사람들의 뒷모습을 볼 수 없게 되었을 때 나는 출구로 향했다. 출구 밖에서는 빛이 환하게 쏟아져 들어오고 있었다. 이제 숙제 같은 삶을 하러 갈 시간이었다. 그리고 다음 번에 아버지를 만나면 꼭 사랑한다 말하리라.

난쿠루 나이사, 실버서퍼

초판 1쇄 발행 2024년 9월 20일

글 · · · 이정준

그림 · 디자인 · · · 프레스 모멘트

펴낸이 · · · 최진이

펴낸곳 · · · 프레스 모멘트

출판등록 · · · 제2020-000083호

전자메일 · · · press.pressmoment@gmail.com

ISBN · · · 979-11-971477-0-8 (02810)